수저를
떨어뜨려
봐

수저를 떨어뜨려 봐

팅, 소리에 깨어나는 내 안의 우주

ⓒ이명훈 2018

초판 1쇄 발행일 2018년 2월 5일

지 은 이 이명훈

출판책임 박성규
편집진행 유예림
편   집 남은재
디 자 인 조미경 · 김원중
마 케 팅 나다연 · 이광호
경영지원 김은주 · 박소희
제작관리 구법모
물류관리 엄철용

펴 낸 곳 도서출판 들녘
펴 낸 이 이정원
등록일자 1987년 12월 12일
등록번호 10-156
주   소 경기도 파주시 회동길 198
전   화 마케팅 031-955-7374 편집 031-955-7381
팩시밀리 031-955-7393
홈페이지 www.ddd21.co.kr

I S B N 979-11-5925-313-3 (03810)
값은 뒤표지에 있습니다. 잘못된 책은 구입하신 곳에서 바꿔드립니다.

「이 도서의 국립중앙도서관 출판예정도서목록(CIP)은 서지정보유통지원시스템 홈페이지(http://seoji.nl.go.kr)와 국가자료공동목록시스템(http://www.nl.go.kr/kolisnet)에서 이용하실 수 있습니다.(CIP제어번호: CIP2018002110)」

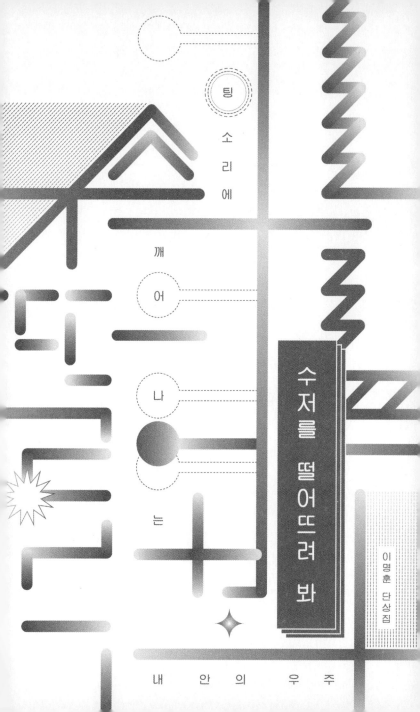

팅

소리에

깨어나는

수저를 떨어뜨려 봐

이명훈 단상집

내 안의 우주

들어가며

어느 날, 볼펜을 분해했다.

우연한 일이었다. 분해한 조각들을 가지고 놀다가 상상이 꿈틀거렸다. 상상은 멈추지 않고 계속 흘러갔다. 다다른 곳에서 돌아보니 '하늘과 땅'이 있었다.

그렇게 한 묶음으로 정리되자 '수저'에 대한 이색적인 추억이 떠올랐다. 수저는 자연스럽게 부엌으로 이어지고 부엌은 아궁이로 이어졌다. 상상의 흐름을 타다 보니 생각은 '의식주'를 심화시키는 방향으로 나아가고 있었다. 금수저, 은수저, 흙수저 이야기가 마음속에 도사려 있어서인가. 그 슬픈 패러독스를 나의 이야기에 품어보고 싶었다. 그럴 수 있다면 생산적으로 해체해 새로운 차원의 담론의 광장을 열 모티프로 삼아보고 싶었다.

그다음엔 글이 막혔다. 무엇을 쓸까 고민했다.

의식주는 통상 집 안에서 이루어지기에 밖으로 향하려면 대문을 열고 나가야 한다. 그 점에 착안해 나는 집의 바깥, 즉 '골목'에 대한 상상을 펼쳐나갔다.

골목은 자그마한 세계이지만 놀라운 깊이와 아름다운 밀도를 지녔다. 그러나 도시는 어리석게도 그 어마어마한 보고를 상실하고 말았다. 골목은 바깥의 사회로 향한다. 사회를 보다 예리하게 드러내기 위해서도 골목 안쪽의 풍경을 색다른 시각으로 파헤치는 작업은 의미 있는 일이라 여긴다. 이 사색은 앞서 말한 광장으로 향하는 모색과도 통할 것이다.

흔하고 사소한 볼펜에서 비롯된 상상 여행이 하늘과 땅, 곧 우주로 향했다가 삶의 초석인 의식주에 관련된 다채로운 것들을 통과해 골목으로 나아갔다. 이 책에서는 거기까지만이다.

인문학의 시대라고들 한다. 거대 담론도 좋지만 나를 둘러싼 것들에 대한 새로운 관점, 융·복합적이고 메

타적인 통찰이 절실하다. 우리 주변의 사물들엔 저마다 독특한 내력이 있다. 나는 볼펜에서 시작해 사물과 풍경, 내가 살아온 시대와 경험을 관통하면서 색다른 여행을 했다. 여행이 보다 깊어지도록 길동무가 되어준 지인들께 감사드린다. 즐겁고 의미 깊은 향연이었다. 책을 읽는 이들도 뫼비우스적인 사유를 매개로 저마다의 여행을 떠나기를 바라본다.

이명훈

3. 골목

1. 하늘과 땅

볼펜 한 자루

눈을 떴지만 울적한 마음이 들어 선뜻 일어나지지가 않았다. 어젯밤까지 나를 괴롭히던 문제가 침대 위에 먹구름처럼 떠서 내 몸을 짓누르고 있었다. 머리맡엔 노트와 볼펜이 놓여 있다. 꿈결에 떠오르는 생각들을 적기 위한 것이다. 엎드려 볼펜을 무심코 바라보다가 장난기가 동했다.

볼펜을 손에 들고 요모조모 뜯어보다가 상단부를 잡고 하단부를 돌려나갔다. 위아래가 분리되었다. 볼펜심을 빼냈다. 그것들을 노트 위에 놓고 이리저리 움직여보았다. 그러다 보니 이런 모양이 되었다.

가만히 들여다보고 있자니 생각이 떠올랐다.

침몰 중.

해저에 닿으면 무엇이 될까.

내 마음이 반영된 문장일 것이다. 울적한 마음이 조금은 풀리는 기분이었다. 장난기가 더욱 도져 노트를 90도 반시계 방향으로 돌려보았다.

보자마자 문장이 꿈틀거렸다.

이것은 나의 권총이다.

생각이 이어졌다.

나의 권총엔 사랑과 진실과 서정이 장전되어 있다.

내 마음 깊은 곳에 도사린 것들일 터이다. 기분이 사
뭇 달아올라 90도 반시계 방향으로 또 돌렸다.

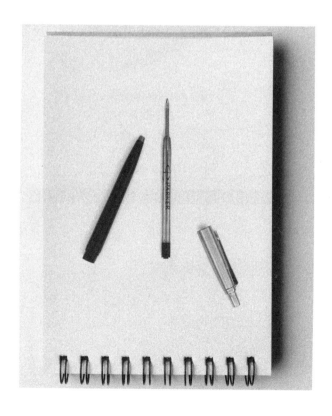

우주선.
우주의 가장 깊은 비밀을 찾아 떠나는.

마음이 한결 즐거워져 천장을 바라보며 침대에 반듯하게 누웠다. 불과 몇 분 전만 해도 나는 세상에서 가장 비참한 것 같은 기분에 사로잡혀 있었다. 하염없이 추락하는 기분이었다. 그런데 몇 차례의 허접한 장난질을 통해 우주를 향해 비상하게 된 것이다. 숨을 한 번 고르고 자세를 고쳐 90도 반시계 방향으로 마저 돌렸다.

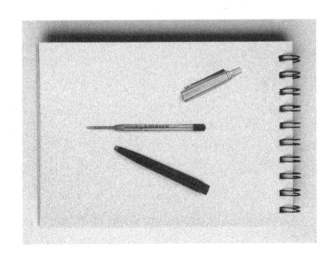

......

아무런 이미지가 떠오르지 않았다. 실망스러웠다. 멍하니 바라보다 노트에 몇 줄 끄적였다.

그냥 볼펜이다.

의미와 물자체物自體.
그 사이에 펼쳐진 무한한 스펙트럼.
나는 그것을 아코디언 삼아 연주하고 싶다.
저녁노을 속 거리의 악사처럼.

중년의 남자가 평일 아침에 침대에서 빈둥거리는 걸 보면 남들은 한심하게 여기겠지. 대수롭지도 않은 것을 가지고 무슨 큰 발견이나 한 듯 과장을 떠는 꼴이 우스꽝스럽다고 할지도 모른다. 그러나 나는 뭐라도 된 듯한 기운이 생겨났다. 어둠 속에 울적하게 웅크리고 있던 조금 전의 내가 아니었다. 눈앞의 볼펜이 무척 사랑스러웠다.

상상력의 시대라고들 하지만 대개의 경우 상상력은 소비의 차원에 머무르는 경향이 크다. 하루가 멀다 하고 빼어난 상상력의 제품들과 소설, 영화들이 쏟아져 나오는 세상이다. 그런 홍수 속에 살다 보니 좋은 면도 많지만 익사溺死의 우려 역시 크다. 남들이 만들어 제공하는 화려한 상상력의 성城 안에서 나 자신은 작아지는 기분이 들 때도 있다.

상상력과 그에 결부된 창조는 거대한 곳에만 있는 것이 아니다. 작은 곳, 바로 우리의 소박한 둘레가 그 멋진 토양이다. 울적하거나 뭔가 막혀 답답해지면 주변에 눈에 뜨이는 아무것이나 돌려보는 것도 좋다. 볼펜을 돌려도 좋고 상황을 돌려도 좋다. 보고 있는 신문이나 뉴스를 다른 각도로 돌려서 봐도 좋다. 나는 오늘 아침 이러한 깨달음을 내게 준 낡은 볼펜을 조립해서 원래의 모습으로 되돌려놓고 침대에서 일어났다. 새로운 하루가 시작되고 있었다. ◢

이 버스는 어느 방향으로 움직일까?

이 버스는 어느 방향으로 움직일까?

고교 친구 '단톡방'에 친구 한 명이 웬 버스 그림을 올렸다. 그림 아래에는 '이 버스는 어느 방향으로 움직일까?'라고 적혀 있었다. 무시할까 하다가 왠지 마음이 끌렸다.

운전석이 보이지 않을뿐더러 왼쪽과 오른쪽이 동일하다. 난센스인가. 그런 것도 같고 아닌 것도 같고 알쏭달쏭했다.

구름의 모양과 높낮이가 다른 게 눈에 들어왔다. 기압 차가 나지 않을까 싶었다. 고기압에서 저기압으로 바람이 부니 그렇다면…… 머리를 굴리다가 아, 바람하고 버스하곤 아무 상관없지, 바람이 동에서 불든 서에서 불든 버스는 종점을 향해 달리는 거지, 정리되자 내가 멍청했구나 싶었다.

뾰족한 수가 떠오르지 않아 눈길을 돌렸다 다시 보니 다른 친구들의 글이 올라와 있었다.

"차는 앞으로 가지."
"그렇지. 차가 앞으로 가야지 뒤로 가면 안 되지."
"앞이 어디야? 왼쪽? 오른쪽?"
"유리창에 있는 허연 게 뭐지?"

한가한 농담들이 오가다가 나하고 비슷한 생각을 하는 듯한 친구의 글이 올라왔다. 다른 친구가 "구름"이라고 답해주었다. 녀석이 나처럼 함정에 빠질 것을 생각하니 고소했다.

"왼쪽 바퀴 아래 흰 점 두 개는 뭐야?"

그러고 보니 그런 것도 있었다. 차이를 통해 뭐라도 짚어내려는 노력이 가상했다.

"그건 모르겠네. 정답과는 관계없어."

역시 쌤통이었다. 그 두 개의 흰 점이 그림을 그린 사람의 실수인지 의도인지 모르겠지만 이 녀석 역시 잘못짚은 것이다.

이런저런 영양가 없는 이야기가 흘러가다가 한 녀석이 올린 글에 눈이 번쩍 뜨였다.

"출입문이 안 보이니 왼쪽에 운전석이 있는 거지."

"딩동댕. 맞아. 출입문이 안 보이지.
그렇다면 출입문은 반대편에 있는 거지.
출입문 맞은편의 앞좌석에 운전석이
위치하므로 버스는 왼쪽으로 진행."

탄성이 나왔다.

산책하고 싶은 마음이 생겨 집 밖으로 나섰다. 나도
모르게 차도 쪽으로 걷다가 버스에 눈길이 꽂혔다. 과연
출입문의 반대편에 운전석이 있었다.

눈여겨보다가 걸어나갔다. 저만치에 지팡이로 보도블
록을 톡톡 짚으며 맹인이 걷고 있었다.

방향은 정말 중요하다. 저 맹인이 만약 방향을 잘못
튼다면 엉뚱한 곳으로 가게 된다. 어디 맹인뿐이랴. 눈
을 퍼렇게 뜨고 있는 우리도 그런 경우가 허다하다. 사업
이든 진로든 뭐든 말이다. 개인적인 일에서건 사회적, 역
사적인 흐름에서건 올바른 방향을 설정하는 일은 중요
하다.

그런데 막상 상황이 벌어진 순간엔 방향이 잘 보이지
않는다. 어느 쪽이 가야 할 곳인지 아득해진다. 상상력

이 필요한 순간은 그런 때이다.

앞의 버스 그림에서 왼쪽과 오른쪽은 똑같다. 구름이나 바닥의 흰 점 두 개는 아무런 변수도 아니기에 버스 방향에 대한 실마리는 되지 않는다.

실마리가 없다는 것, 아무런 힌트가 없는 것, 그것이 바로 힌트였다.

버스에는 출입문이 있을 수밖에 없다. 출입문 없는 버스야말로 난센스이다. 승객들을 태우고 어디론가 떠나야 하기에 버스 안으로 들어가고 나올 문은 필수이다. 그것이 버스 그림에 없는 것이다. 반드시 있어야 하는 것이기에 문은 반대편에 있을 수밖에 없다. 달리 말하면 무無 자체가 상상을 피우는 촉발제이며 그것을 깨닫는 순간 이면이 보이는 것이다.

이런 놀라운 통찰을 머금고 있는 저 한 장의 버스 그림 역시 한 바퀴를 돌려본 볼펜처럼 나는 앞으로도 잊을 수 없을 것 같다. 아무것도 보여주지 않음으로써 전부를 암시하고 있는 것. 방향을 품고 있는 무방향. 존재를 머금고 있는 무無. 그런 암호들을 지니고 있기 때문이다.

또 하나 중요한 점을 저 버스 그림은 품고 있다. 문제를 보자마자 나는 멍한 기분이 들었다. 내 친구들도 아마 비슷했을 것이다. 일종의 마비 증세이다.

왜 그랬을까. 집에 문이 없다면 바로 이상함을 느꼈을 텐데 우리는 왜 버스에 문이 없다는 것을 인식하지 못했을까. 저 문제를 보자마자 멍해진 까닭은 저마다 제각기 다를 테지만 한 장의 버스 그림이 이런 또 다른 문제의식, 즉 맹점을 짚어주고 그에 대해 생각할 여지를 주었다는 것이 놀랍다.

삶이 갈수록 퍽퍽해지고 세상은 과연 어떻게 되고 그 방향이 뭔지 어지럽게 흘러가고 있다. 헤매고 부대끼다 보니 열심히 살아간다고들 하지만 자신의 삶이 과연 제 방향대로 가고 있는 것인지 회의가 들 때도 있다. 샐러리맨, CEO, 교사, 학생, 가정주부 누구 할 것 없이 마찬가지일 것이다. 그렇게 어지럽게 흘러가다 보니 의미 있는 맹점들도 놓치고 만다.

나에게도 역시 그런 때가 찾아오곤 한다. 지긋한 관조나 내 나름의 방법이 중요하겠지만 때론 저 버스 그림도 떠올려야겠다. 아무런 실마리도 단초도 없는 막막함. 바로 그 자체가 선명한 방향을 품고 있는 가능성이자 나자신의 맹점을 되돌아볼 수 있는 거울이니 말이다.

어둠 속의 아리아

평범하게 별문제 없이 살아가다가 IMF 때 참혹하게 무너져 인력사무소에 나간 적이 있었다. 인생 말단이라는 잡부 생활을 하며 다양한 현장들을 거쳤다. 동료 잡부 한 명과 경기도의 어느 아파트 단지의 물탱크 청소를 하러 갔을 때였다.

현장엔 전문가인 기공이 먼저 와서 기다리고 있었다. 셋이서 커다란 랜턴을 켜고 수중 펌프와 모터, 밀대를 들고 메고 물탱크 속으로 사다리를 타고 내려갔다. 칠팔 미터쯤 되어 보이는 깊이인데 무릎까지 물이 찼다. 장비를 놓아두고 랜턴으로 비추며 물속을 걸어 둘러보았다. 걷다가 꺾으니 학교 교실만 한 공간이 일곱 개 연결되어 있었다.

원래 자리로 되돌아와 수중 펌프의 버튼을 눌렀다. 밖의 전원과 이어진 펌프가 작동하자 물탱크 안의 물이 빠져나갔다. 바닥과 벽의 청소를 위해 필요한 조치였다. 그런데 갑자기 잘 작동하던 펌프가 멈추었다.

정전이 되었나 보다며 기공은 동료를 데리고 밖으로 나갔다. 나 혼자 남게 되었다. 하나밖에 없는 랜턴을 그들이 들고 나가자 물탱크 안은 완전한 어둠이었다. 나는 그때껏 그런 어둠을 본 적이 없었다. 어릴 적 외가에서 보던 시골의 밤 따위는 비교가 되지 않았다. 지하에 묻혀 있는 공간이기에 빛으로부터 완전히 차단되어 있다. 입구조차 들어오면서 닫아야 해서 빛이 스며들 길이 전혀 없는 절대 어둠이다. 손바닥을 내 눈 앞에 바짝 대어 보았다. 전혀 보이지 않았다.

무서웠다. 더욱이 정전이다. 무릎 아래는 물에 잠겨 있다. 우리가 설치한 장비들도 물속에 잠겨 있는 상태였다. 만약에 뭐가 잘못되어 전기라도 흐르게 된다면 나는 꼼짝없이 감전사한다. 망상마저 생기면서 공포가 커져갔다.

막막한 시간이 흐르고 있었다. 무슨 일인지 동료들은
돌아오지 않았다.

아.

소리를 내어보았다.
놀라웠다. 지상에서 내던 내 목소리와 전혀 달랐다.
그렇게 맑고 투명할 수가 없었다. 몇 번 더 소리를 내어
보았다.

아—아, 아

나는 목소리에 콤플렉스를 지니고 있다. 말이 빠르며 발음이 부정확한 탓이다. 사춘기에 그에 관련된 상처도 있다. 그러나 그 순간 그런 불편함에서 해방된 기분이었다. 내 목소리가 그토록 정확하고 맑고 청아하며 아름다울 수가 없었다.

목소리를 더 크게 해 노래를 부르기 시작했다. 나는 노래도 잘하는 편이 아니다. 그러나 노래 역시 이게 내가 부르는 건가 싶었다. 닫힌 공간 속의 공명을 탄 나의 노래는 내가 반할 정도로 아름다웠다.

학교 교실만 한 공간 일곱 개가 꺾여가며 연결된 구조였기에 내가 부르는 노래는 파도를 치며 밀려오는 밀물처럼 메아리를 일으키며 울려 퍼졌다. 너무도 황홀해서 천상의 아리아가 있다면 꼭 이럴 것 같았다.

휴대폰이 혹시 물에 젖을까 봐 밖에 맡겨둔 것도 한몫해 만끽한, 지상에선 있을 수 없는 어둠. 다른 소리가 섞여 있기 마련인 지상과는 완전히 차단된 곳이기에 소음 또한 일절 없다. 물이 고여 있긴 하지만 바람이 한 점도 일어날 수 없는 공간이기에 주변은 완전한 정적이었다. 덕분에 내 목소리의 투명성이 완벽에 달해 있었다.

아름다운 메아리와 공명이 빛처럼 넘치던 기억, 그 체

험을 나는 잊을 수가 없다. 시간이 흐르고 저만치서 랜턴 빛이 잔잔히 번져올 때의 장면 역시 한 장의 그림 같다. 신이라도 되는 듯 나머지 두 사람이 그 완전한 어둠을 거두며 찰박찰박 걸어오는 게 아닌가. 우리 셋은 다시 수중 펌프를 돌려 물을 퍼내고 청소를 마쳤다.

사방을 둘러봐도 아무것도 보이지 않고 한 치 앞도 보이지 않는 완전한 어둠인 경우가 있다.

절대 어둠. 그 안에서의 깊디깊은 고독은 진리를 깨치거나 자성을 이룰 최적의 조건이 될 수도 있다. 그럴 경우에 어둠은 더 이상 좋을 수 없는 환경인 셈이다.

하지만 흔히 우리가 느끼는 어둠이란 그렇지 않다. 어둠이 깊은 절망이나 공포로 이어진다면 사정은 전혀 다르다. 그런 곳에 사로잡히면 빠져나오려는 몸부림마저도 어둠에 잡아먹히기 십상이다. 우울증. 만성 피로, 환멸, 좌절, 콤플렉스, 트라우마 같은 것들⋯⋯삶에 깃든 어둠들은 상상할 수 없을 정도로 끔찍한 것들도 많아서 함부로 말해선 안 될 것 같다.

우리가 사는 사회에 즐비한 절망의 조건들. 세상을

양극화로 가속화시키는 신자유주의의 수혜자건 피해자건, 혜택을 많이 받는 수혜 계급이건 적게 받거나 받을 그릇마저 없는 소외 계급이건 어둠은 누구에게나 속속들이 찾아온다.

인간 본질에서 비롯된 어둠이건 사회적 구조에 의한 어둠이건, 그것에 직면할 때가 있다. 그럴 때 어둠뿐인 막막함 속에서 그 실체를 가만 응시하며 내어보는 목소리, 그 자아의 목소리에 귀 기울이는 것, 적어도 손해 보는 일은 아닐 것이다.

둥그란 종이컵에 담긴 것

웃통을 벗은 사내가 강가의 무대에 서 있다. 일 미터 가량의 쇠줄을 쥐고 있다. 줄 끝엔 불이 담긴 통이 매여 있다. 어머니 강이라고도 불리는 갠지스강이 흐르는 바라나시. 힌두교 성지인 그곳에서 십여 년 전에 본 풍경이 지금도 생생하다.

수백 명의 관광객들이 모여 있었다. 유서 깊은 사원들과 낡은 건물들이 어둠 속에 빚어내는 분위기가 고색창연했다. 무대는 촛불과 꽃들로 장식되어 있었다. 사내는 불통을 돌리기 시작했다. 평범하게 진행하다가 몸을 살그머니 숙였다. 그러자 쇠줄을 따라 수직으로 빙빙 돌던 불통이 강물에 닿을 듯하다가 솟구쳐 하늘로 향했다.

강의 수면과 하늘 사이를 지름으로 삼아 원이 그려지는 모양이 일품이었다. 단순한 동작이라 처음엔 무료했는데 시간이 흐를수록 그렇지가 않았다.

불통을 돌리는 사내의 곁에선 또 한 명의 사내가 북을 두드렸다. 북소리에 맞춰 불통을 돌리는 사내의 몸엔 땀이 비 오듯 흘렀다. 삼십 분, 사십 분이 지나도록 똑같은 움직임이 이어졌다. 한 시간을 넘어 두 시간에 가까워져도 그의 얼굴에 고됨의 흔적 따윈 전혀 없었다. 그는 완전히 몰입되어 합일의 경지에서나 나올 수 있는 미소를 짓고 있었다. 그를 따라 모두가 취한 듯 빠져들어 갔다. 아득한 신화의 세계 같은 곳으로 빨려드는 기분이었다.

왜 그토록 강렬하게 몰입되었을까. 오랜 시간이 흘러도 그때의 생생함은 특별하다. 쥐불놀이와도 흡사한 그것에 왜 아직도 사로잡혀 있는 걸까.

성지였고 이국이어서만은 아닌 것 같다. 나는 그때 마음 깊은 곳을 자극받은 듯하다. 도취나 카타르시스 이상이었다. 원형原型을 보았다고나 할까. 관광 상품에 불과한 것을 거창하게 말한다고, 누군가는 생뚱맞다고 할지 모르겠다. 빠지면 푸욱 빠져드는 내 성격 탓도 있다.

그렇지만 내 무의식 깊은 곳의 불이 자극되어 혼융의 춤을 추는 듯 황홀한 체험이었다.

일상에 휩쓸리다 보면 원형이 환기되는 체험은 쉽게 일어나지 않는다. 원형이 무언지 생각할 틈도 없다. 빛과 어둠의 저장소이자 무의식의 원천인 그것. 무의식에 대해서도 의식하지 않는 것을 당연히 여긴다. 이보다 애석한 일이 또 있을까.

해가 뜨는 것을 느낄 겨를도 없이 출근하고 브리핑을 하고 새로운 사업 구상을 한다. 펀딩을 걱정하고 발주를 하겠다는 사람의 마음이 변하지 않을지 신경을 곤두세운다. 하루라는 시간이 그런 스케줄들로 꽉 차 빙빙 돌아간다. 저녁이면 술을 마신다. 귀가해서도 역시 일과로 가득 찬 식솔들과 만난다. 모두 각자의 고민거리나 티브이, 스마트폰에 빠져 있다.

이런 것들은 차라리 나은 경우다. 카드 돌려막기를 하거나 은행 부채를 꺼야 할 일로 마음이 타들어간다. 금실 좋던 부부 관계가 금가거나 위험한 상태에 처한다. 술로도 진정이 안 되고 무슨 일이라도 저지를 것 같은 마음이 된다.

별의별 복잡한 상황들이 저마다에게 있겠지만 상실감에서 자유로운 사람은 많지 않다. 많은 것을 이룬 사람도 왠지 가슴이 스산하다. 무엇보다 이 사회에서는 아무리 몸부림쳐도 물질적 상실감에 시달리다 악순환의 굴레에 지쳐간다.

이런 것들로 마음이 채워지다 보니 원형적인 체험은 하기 어렵다. 도시와 문명세계에서는 더더욱 힘들다. 사람들은 적당히 스트레스를 풀고 순간적인 카타르시스를 찾는다. 그런 후에 생산적이고 효율적인 일에 다시 투자한다. 그것이 이 사회를 돌리는 힘이다.

갠지스 강가에서의 불의 축제는 그 아래에 있는 심연을 건드리며 내게 원형을 선사했다. 강물과 하늘. 하늘과 땅, 그 광대한 스케일을 품은 채 단순히 돌고 도는 순환. 그것이 내 마음을 점점 그 너머의 그 차원까지 몰고 갔나 보다.

돌고 돌던 불의 동그라미. 원圓.

하늘도 원이고 태양도 원이다. 달도 원이다. 낮을 주관하는 태양이나 밤을 주관하는 달 모두 원이다.

초기 문명을 건설한 이집트 사람들도 태양을 우러러

보았다. 로마에서도 태양신을 숭배했다. 고구려를 포함한 동아시아의 삼족오三足烏도 태양에 세 발 달린 까마귀를 그려 넣은 것이다.

원은 이처럼 인류 문명의 시원과 관계 깊은 원형을 담는 그릇이다. 그로부터 멀어진 이 시대에선 그리로 회귀하고 싶은 그리움의 대상이기도 하다.

갠지스강에서의 체험 이후로는 자동차 핸들, 바퀴, 쟁반, 접시, 골프공, 동전, 화장품 뚜껑, 민들레, 해바라기…… 동그란 것들을 볼 때마다 즐거웠다. 사업을 구상하고 정치를 기획하고 여행을 꿈꾸고 사랑을 상상하는 것과는 또 다른 벅찬 느낌이 가슴을 두드렸다. 이것이 상실감 이전의 원초적인 뜨거움인가 하는 생각도 들었다. 모든 것이 달라 보였다.

생각에 잠기다 보니 배가 고파져온다. 자리를 털고 일어나 집에서 걸어 나갔다. 멀지 않은 동네 식당에 들어가 김치찌개를 시켰다. 맛있게 먹고는 커피 자판기의 버튼을 눌렀다. 커피 분출구 아래로 흰색의 종이컵이 쓰윽 내려왔다. 동그란 테두리의 일회용 종이컵을 식탁으로 들고 오는 동안 내 얼굴에 슬그머니 미소가 번졌다.

커피 맛이 더욱 달달한 느낌이었다. 마시면서 단톡방
을 열자 친구들 사이에 잡담이 흐르고 있었다.

"원에 대해 상상하고 있네."

겸연쩍음을 무릅쓰고 툭 적었다.

"뭘 원해?"

재치 있기로 유명한 교수 친구가 퍼닝_{말장난}을 했다. 세미나 겸 여행으로 일본에 있다며 사진 한 장을 금세 띄운다.

우에노 공원의 연지란다. 연꽃이 핀 연못. 푸르름이 난무하는 다리 위에 연인이 다정한 포즈를 취하고 있다. 그 모든 풍경을 은은하게 비춰주는 타원형의 수은등. 나와는 또 달리 이색적인 상상이 풍부한 친구의 마음이 먼 곳에서 내게 탐스럽고 은은한 불빛을 보내주고 있었다.

국희와 자전거

　　일상 속으로 교묘하고 재빠르게 파고든 것 중의 하나가 스마트폰이다. 스마트폰 하나가 카메라, 손전등, 사전, 오디오 등등 수많은 일상 제품들을 퇴조시키다시피 했다. 호수에서 숱한 물고기들을 잡아먹는 배스 같다. 하지만 동시에 떨칠 수 없는 매력을 지닌 희귀종이 바로 스마트폰이다.

　　독자들이 눈치를 챘는지 모르지만, 볼펜 한 바퀴 돌리기의 이면엔 원이 숨어 있다. 버스 그림은 보이지 않는 저 너머의 세계를 품고 있었다. 그다음에 난 물탱크 속에서의 특이한 체험을 쓰면서 사방을 한 바퀴 둘러봐도 아무것도 보이지 않고 한 치 앞도 절대 어둠인 상황, 즉 볼펜과 버스 그림이 선사하는 희망들이 붕괴된 상태에서의 모색을 시도했다.

갠지스 강가에서 하늘과 땅 사이를 도는 불통과 동네 식당의 일회용 종이컵에서 발견한 원이 그 뒤를 이었다. 우리가 상실한 원형原型을 일상의 원圓에 담아 다시 음미해보려는 시도였다.

그다음엔 무엇에 대해 써볼까.

그런 생각에 잠겨 있다가 단톡방을 열자 친구 하나가 국회의사당에 다녀왔다며 사진을 올렸다.

"모양이 천원지방天圓地方이네. ⊙

　하늘은 둥글고 땅은 각지고."

　사진을 보고는 떠오르는 대로 적었다.

　시간이 흘러도 답글이 올라오지 않았다. 내 상상이
럭비공처럼 튀는 것을 익히 봐온 친구들이라 내가 또 엉
뚱한 곳에 처박혀 있구나 하는 녀석들도 있을 것이다.

　말은 여전히 없었다. 쓸 말이 없어서 그런 게 아니라
너무도 많아서, 그런 일에 지쳐 있고 부질없어서 그럴 것
이다. 정치나 국회의원들의 행태에 워낙 실망을 한 친구
들이 많은 단톡방이니.

　대응 없는 그 이면을 가늠하다가 한 줄을 또 적었다.

"건물 값이라도 하지. 건물보다 못하면 되나."

　국회의사당의 형태인 천원지방은 동양의 오랜 사상에
서 유래된다. 단순하게 보자면 하늘과 땅의 각기 다른
형상과 의미를 알고 그 둘 간의 올바른 조화를 취하자는
뜻이다. 실제로 우리나라의 전통 문물들은 천원지방의
형태를 띠는 것이 부지기수이다. 엽전만 하더라도 원 모

양에 네모난 구멍을 팠다. 죄수들을 가두는 감옥도 원형 옥이라고 해서 담장은 원 모양, 옥사는 네모난 모양으로 된 것이 있다. 하늘과 땅의 조화가 죄수에게까지 전달되기를 바라는 마음이 우리의 전통에 숨결로 살아 있다.

여의도에 국회의사당이 건립될 때 천장을 돔으로 할지 평기와로 할지 논쟁이 심했던 걸 보면 천원지방이 본래의 의도는 아닌 듯하다. 그러나 어쨌든 그런 형태로 된 바 그 건축물 안의 사람들이 그 의미대로 산다면 얼마나 좋을까. 그들도 떳떳하고 그들이 대변하는 국민들의 가슴에도 푸른 하늘이 담길 것이다. 그 바람직하고 당연한 길을 외면하며 산다면 어찌 국민들의 대표라고 할 수 있을까. 그중엔 훌륭한 국회의원들도 있을 테지만 말이다. 뻔한 이야기다.

그리고 정치야말로 일상이며 또 일상이어야 하지 않은가. 공기나 화단에 핀 꽃, 편의점에서 사 먹을 수 있는 과자처럼 말이다.

생각이 이어졌다. 일상의 물건들 중에 좌와 우가 서로 자기주장만 하고 상대에 대해 안하무인으로 삿대질하는 것이 또 뭐가 있나.

자전거를 탈 때 우리는 왼발과 오른발에 번갈아 힘을 준다. 자전거는 한쪽으로 쏠리면 다른 쪽이 끌어주면서 균형을 잡으며 앞으로 나아간다. 좌가 없으면 우도 존재할 수 없을뿐더러 균형이 맞지 않으면 자전거 자체가 누군가를 해하는 괴물이 되고 만다. 일상의 자전거 하나도 좌우 간의 균형, 바꿔 말하면 중용中庸, 공空, 무위無爲가 근본이다. 그 든든한 바탕 위에서 페달을 구르는 힘이 체인을 통해 하늘 형상의 동그란 두 바퀴에 전달되고 그것들이 지표면을 디디며 상쾌한 질주를 하는 것이다. 천원지방의 훌륭한 건축물에 세 들어 사는 사람들이 하늘을 우러르고 땅을 아우르는 삶을 사는 것은 차치하고라도 한갓 자전거가 지닌 균형 감각조차 떨어지니 국회 사진을 보기도 민망했다.

자전거를 생각하다 친구가 띄운 국회의사당 사진을 다시 보니 이곳이 천원지방의 형태 안에 다양한 민의들의 최소 리듬인 좌우의 개념을 품은 건물로 새로이 보였다.

좌우 균형이 척척 맞는 자전거가 형태만 멋진 국회 앞을 조롱하듯 리드미컬하게 달려나간다. 물론 정치의 좌우는 자전거의 좌우와 다르다. 후자의 그것이 좌우동형左右同形이라면 전자의 그것은 좌우이형左右異形이다. 서로 다르므로 각자의 차이를 인정하며 더 큰 보편 속에서 조화를 이룬다면 기계일 뿐인 자전거가 보여주는 균형미를 뛰어넘는 풍경을 보여줄 수 있는 것이다. 직접 민주주의가 아닌 간접 민주주의는 대표자들이 월권을 할 수 있다는 리스크가 있다. 그것을 방지하는 방법이 바로 조율의 능력과 양심과 상식이다. 그 고도의 미학은 차치하더라도 최저의 균형에도 도달하지 못한다면 존재 이유가 없는 것 아닌가. 국회의원들 중에 좌우의 개념이 모자란 사람들은 자전거를 타고 등원했으면 좋겠다. 균형감각을 잘 익혀 우왕좌왕하며 기울어가는 우리 사회의 민의를 이제라도 잘 대변하라는 뜻에서.

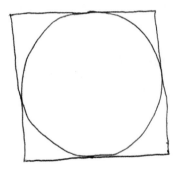

아이들이 그린 그림 같을 것이다. 그렇게도 보인다.

"네모가 동그라미를 싸매고 있는 것 같아."

내가 이십 대 초반일 때 누군가와 대화를 나누다가 생뚱맞게도 그런 표현을 한 적이 있다. 정확한 문장은 기억나지 않는데 핵심만큼은 분명하다. 그러니까 저 형상은 그 시절 내 마음의 풍경이다. 내 안엔 분명히 원圓이나 원형적原型的인 게 부글거리는데 그게 뭔지 잘 몰랐을 뿐더러 그것을 꽉 싸매고 있는 박스로 인해 질식할 것 같았다.

알바에 스펙, 무한 경쟁에 시달리는 지금 이십 대 청년들의 마음이 저런 형태와 닮았으리라고 추정한다면 섣부른 것일까? 그들 역시 내면에 있는 원이나 원형에 해당되는 꿈, 포부, 선망 등이 박스에 갇혀 질식되고 고갈되는 데에 따른 불안과 위기의식을 지니고 있지 않을까? 내가 미처 모를 그들만의 세계가 있겠지만 말이다.

'난 오십을 먹은, 울지도 모르는 여자예요.'

까닭은 모르겠지만 이런 메모까지 노트에 휘갈겼었다. 몸은 이십 대 남자이면서도 인생의 슬픔을 다 알고 눈물마저 잃은 오십 대 여자의 마음을 몸 안에 담고 살았다. 매일 휴학이나 하고 싶었고 죽고 싶었고 견디는 시간 자체가 무거울 뿐이었다.

그 후로도 내 딴엔 고초를 당하면서 살다 보니 오십이 넘었다. 그러자 이런 그림이 마음에 자연스럽게 그려졌다.

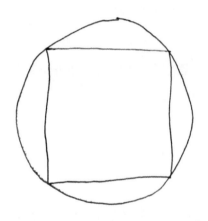

동그라미가 어느덧 밖으로 빠져 나와 네모를 감싸고 있었다. 내게는 어느새 둥글둥글한 맛이 생겼다. 작은 일에도 생사를 걸듯 하지 않게 되었고 이해력과 포용력이 넓어져갔다.

그렇다고 네모로 상징되던 욱하는 성질 머리, 삐딱한 기질, DNA에서 올라오는 듯한 날카로움, 혈기, 직관, 에고이즘 같은 것들이 사라진 것은 아니다. 그런 것들이 지배적이었던 이십 대의 내면에도 원을 그리워하는 마음, 원대한 바다에 닿고 싶은 갈망, 우주적 혼융…… 이런 마그마가 들끓었듯 말이다. 둥글어졌다고 해서 경제적으로 부유하거나 사회적 위치가 탄탄하다는 것도 아니다. 그런 것들에 대해선 직장 생활을 시작한 이십 대 후반보다도 열악한 상황이다. 그저 마음의 풍경이 그렇다는 것이다.

마음속에 그려진 원과 네모를 생각하다 보니 딱지가 머릿속을 스쳤다. 유년의 놀이에는 순수무구라는 막강한 힘이 있어서인지 여기에서 무언가 의미를 도출하려니 피식 웃음이 나왔다.

어릴 적엔 원과 네모로 이런 놀이를 즐기며 지냈는데 이십 대가 되자 뭐가 그리 고통스러웠는지 조각난 그림이 마음속에 그려졌다. 시간이 지나자 이십 대와는 달라진 그림이 마음속 풍경이 되었다. 그 둘은 이제 어우러져 먼 미래로 놀라운 여행이라도 떠날 듯한 태세다.

갠지스 강가에서 불의 축제를 보며 원형을 느낀 나는 더 멀리 멀리 나아가 라다크의 작은 마을 '레'에 다다랐다. 티베트의 라사에 있는 포탈라 궁의 모델이라는 레 왕궁을 본 다음 고풍스런 곰파절에 들어섰다. 벽면에 만다라가 걸려 있었다. 바라보는 동안 갠지스 강가에서의 원형 체험이 이치적으로 해석되는 기분이었다.

이 만다라는 내가 암암리에 갈구해온 원형에 대한 원리를 품고 있다. 내가 거쳐온 이질 세계들을 초월적 차원에서 관조하며 그간의 지독한 통과의례들이 창의적

인 빛의 날개가 될 수도 있겠다는 희망을 주고 있었다. 마음의 고요와 평정이라는 선물을 준 것은 물론이고 말이다.

우리는 조각난 그림들을 통과하며 어디론가 간다. 그림조차 보이지 않는다면 그 무無를 지그시 응시해보자. 어떤 영상이나 이미지가 떠오를 것이다. 긍정성이 보이면 강화하면 될 테고 부정성이 보이면 약화 내지 정화시키는 방향으로 마음의 가닥을 잡는 것이 바람직하리라. 방향을 잘못 탔다고 여겨지면 전환을 하면 된다. 부정성이라고 해서 함부로 대하지 말자. 탁월한 예술혼은 참혹한 부정과 몸싸움을 하며 발휘되기 때문이다.

힘들고 지치더라도 인내하며 걷다 보면 또 다른 별자리가 밤하늘에 나타나듯 또 다른 이미지가 마음 상태를 반영하며 그려질 것이다.

삶이 지나치게 힘들거나 상처가 깊으면 마음속에 그림이 그려지지 않을 수도 있다. 고통이 마음속의 화가마저 짓누르고 있어서이다. 그렇지만 마음의 빗장을 애써 열어 햇살을 받아들이고 마음속의 화가를 조금이나마 자유롭게 해주면 그는 그림을 그리기 시작한다.

삶은 불완전하다. 우리는 또 미숙한 존재라서 쪼가리나마 힘겹게 마음에 얻어 의지하는 모양이다. 그러나 시간이 흐르다 보면 마음속에 그려졌던 어둑한 조각 그림과 다른 풍경이 빚어지기도 한다. 그 그림들을 맞춰보고 견줘보기도 하면서 의미를 부여해본다. 그런 디딤돌 위에서 더 큰 세계를 향한 꿈을 꾼다.

그렇다면 우리는 모두 만다라에 갇혀 있는 것인가? 그렇게 볼 수도 있고 아닐 수도 있다.

만다라는 불법佛法의 모든 덕을 두루 갖춘 경지를 이르는 말 혹은 그것을 영상화시켜 나타내는 그림이나 기호이다. 만다라가 눈에 뜨일 때마다 '레'의 곰과 벽에 걸려 있던 그것이 생각나곤 한다.

나는 만다라를 중시하는 종교의 신자는 아니다. 다만 그 무엇이든 최고의 경지를 상징하는 것에 대해선 경외를 품으며 배움의 자세를 갖는 편이다.

먼 항해일수록 나침반은 더욱 필요할 것이다. 그것은 우리의 내면에도 있다. 그 그림이 희미하고 알쏭달쏭하더라도 그 그림 속에는 놀랍고 무서운 비밀이나 항해 일지가 숨어 있을 수 있다. 설혹 실망스럽고 절망적이더라도 인내하며 걸어가보자. 그림은 그림을 통해 완성으로 향하고, 삶은 깨어짐과 반추를 통해 질 좋은 도자기로 변모한다. 내면의 그림 찾기와 관조는 그 도자기의 밑그림일 것이다.

프루스트의 마들렌, 나의 마루

지하철을 빠져나오며 하늘을 올려다보는 순간 아찔했다. 저곳으로 곤두박질 칠 것 같은 공포, 까맣게 잊고 있던 기억이 불현듯 되살아난 것이다.

고향 집 마루에 누워 하늘을 바라보던 네댓 살 때의 어느 날, 나는 느닷없는 공포에 사로잡혔다. 마치 저곳으로 떨어져버릴 것 같은 같은 것이다. 나는 떨어져 내리지 않으려고 마루 끝을 거머쥐었다. 그때의 촉감이 지금도 생생하다. 젖 먹던 힘까지 주어 꽉 쥐었음에도 곤두박질 칠 내 몸의 무게로 인해 힘이 스르르 풀려버릴 것 같은 낭패감이 손아귀에 허탈하게 느껴졌다.

만유인력과 중력에 대해 배우기는커녕 그런 말이 있는지조차 모르던 때였다. 지구의 중심이 나를 끌어당기기에 허공에 둥둥 날려져버릴지 모른다는 두려움이 한낱 망상이라는 관념이 들어서기 전이다. 내 마음은 천연의 무지 상태였고 백지였다. 그냥 하늘이 무서웠다. 그 순간엔 하늘이 위에 있지 않고 저 아래에 있었다. 하늘이 까마득한 저 밑에서 파란 심연의 아가리를 벌리고 내가 떨어져 내리기만을 바라고 있는 것처럼 보였다. 마침 집엔 나 혼자였다. 마루에서 저 밑으로 떨어지지 않으려고 죽을 듯한 공포 속에서 쥐어봤자 헛된 마루 끝을 고사리 같은 손으로 거머쥔 채 떨던 기억이 생생하다.

꿈이었던 시인이 되고 상상력에 대해 공부할 때, 상상

력 즉 imagination이 일본어로 직통直通으로 번역되기도 한다는 말을 책에서 보았다. 그때 떠오른 것이 바로 그때의 공포였다.

직통直通은 바로 통하는 것. 간접적인 우회나 경로 없이 본질로 바로 들어가는 것이다. 하늘로 곤두박질 칠 것 같은 공포는 나로선 직통을 경험하게 한 중요한 사례였다. 그 안엔 엄청난 보고寶庫가 담겨 있는 듯하다. 자연에 대해 순진했던 원시인들이 자연을 대할 때 그 비슷한 생경함이 일었을 것도 같다. 사과가 떨어지는 것을 보다가 만유인력의 법칙을 발견한 뉴턴도 엇비슷한 것을 느꼈는지도 모른다. 그랬기에 사과가 땅으로 떨어지는 모습이 당연한 것이 아니라 낯설게 보였는지도.

마법의 빗자루가 하늘을 날고 알라딘의 요술 램프에서 지니가 튀어나와 주문이란 주문은 다 들어준다. 『산해경』엔 기이한 짐승들이 즐비하고 그리스 신화엔 현실에 없는 신과 괴물들이 등장한다. 그런 풍성함들에 의해 인류는 살찌고 풍요로워져왔다. 할리우드는 그런 것들을 미국풍의 애니메이션으로 변주해 흥행에 성공하고 무협지건 게임이건 그런 환상성에 대개 의지한다. 그런 것들도 물론 상상력이다. 그러나 그런 것이 다는 아니다.

불은 뜨겁다.

이 말을 생각해보자. 인류 역사의 여명기에 우연히 불이 발견되었다. 불에 대해 모르다 보니 별의별 사건들이 일어났을 것이다. 동굴 속의 살림살이가 타버릴 수도 있고 어린아이가 손을 데었을 수도 있다. 마침 어른이 그 자리에 없었고 화상을 입은 아이의 어린 누이만 있었다고 해보자. 고통스럽게 울부짖는 동생 앞에서 그녀 역시 어찌할 바를 몰라 당황했을 것이다. 동굴 밖의 어른들께 알리려고 급한 소리를 질렀을 것이다. 마음속의 갈급한 그 무엇이 불에 대한 최초의 발화가 되어 어떤 경로를 통해 언어의 옷을 입어나갔을 것이다. 그것이 여러 갈래로 전파되거나 독립적인 발전들을 이룩해 불, fire, 火 등 현재의 다양한 언어들로 빛나게 되었을 것이다. 언어의 기원은 이보다 다채롭겠지만 어쨌든 '불은 뜨겁다'라는 말 자체가 단순한 현상의 묘사가 아니라 언어의 역사 전후, 숨 가쁜 사정들과 심연 등등을 머금고 있는 창조적 산물이며 그렇기에 훌륭한 상상력이다. 상상력으로 보이기는커녕 단순한 문장이지만 그 내부와 맥락으로 조금만 들어가도 이와 같은 전복적 사태와 마주치는 것이다. 내가 하늘로 떨어지지 않으려고 마루 끝을 거머쥔 채 느꼈던 온몸의 전율이 저 간단한 문장 안에도 담겨 있는 것이다.

이런 여명기적 감각에 기반한 상상력은 떨림이 있고 울림이 깊다. 마음의 거문고 현을 튕기는 힘이 있고 사람들의 마음과 마음을 타고 진하게 이어진다. 깊음을 머금은 그 강물에 이것저것 이야기의 살이 붙고 상상력이 덧붙어서 신화나 전설, 설화들을 이룬다. 위에 짧게 언급한 예들도 뿌리를 거슬러 올라가면 이런 깊은 떨림에 가닿을 것이다.

나는 우리가 사는 이 시대에 이런 근원성이 많이 상실되었다고 본다. 상상력의 시대라는 이름에 걸맞게 놀랍도록 특이한 아이디어나 상품들이 하루가 멀다 하고 늘어감에도 공허가 불쑥불쑥 찾아오는 이유이다. 상상력의 근원은 채우는 것도 아니고 덜어내는 것도 아니고 있는 그대로를 바라보는 것이라고 할 수도 있다. 얼음은 차갑고 불은 뜨겁다. 미운 것은 밉고 좋은 것은 좋다. 아닌 것은 아닌 것이고 맞는 것은 맞는 것이다.

화려하고 섹시하고 짜릿하고 달콤하게 번져나가는 상상력의 봇물들을 비난하는 이야기는 아니다. 누군가 홍보하고 회자되어 알고 있거나, 화려한 수식어들로 꾸며지는 차원이 아니라 그 어떤 장식이나 오염이 들어서지 않은 상태, 바로 우리 각자의 '나'가 직통으로 느끼는 그 마음 또한 훌륭한 상상력이라고 말하고 싶은 것이다.

프루스트는 마들렌 과자를 홍차에 적셔 먹는 순간 기억의 문이 열리며 무의식의 향연 속으로 빨려 들어간다. 전혀 생각지도 못한 시간 속으로 느닷없이 들어가는 것이다. 아름다운 소설 『잃어버린 시간을 찾아서』는 그런 시간의 향유 속에서 탄생된다.

하늘로 곤두박질 칠 것 같은 나의 유년기의 마루는 프루스트의 마들렌과 닮은 면이 있다. 그는 마들렌 과자를 먹는 순간, 나는 마루에 누워 하늘을 올려보는 순간, 기존까지와는 전혀 다른 미지의 세계로 진입해버린 것이다. 주어져 있던 일상의 벽이 홀연히 깨어지며 또 다른 차원을 향한 입구를 넘어선 체험이다.

직통적 감각이라고 불릴 수 있을 이런 감각은 누구에게나 잠재되어 있다. 느닷없이 쳐들어오는 감각의 손짓에 눈을 감고 있으면 오랫동안 숨죽인 채 기다리던 지하자원은 스쳐 사라질 것이고, 그 감각에 마음을 주면 그럴듯한 현실 세계를 무너뜨리며 본연적인 느낌의 바다로 안내할 것이다.

2 · 의식주

수저를 떨어뜨려봐

친구들과 어울려 술을 마실 때였다. 허름한 술집의 둥근 테이블에 열 명 남짓이 오밀조밀하게 둘러 앉아 적당히 취해갔다. 내 맞은편엔 말이 없기로 유명한 녀석이 앉아 있었다.

그는 작곡을 하는데 유명한 작곡가도 아니고 입에 풀칠이나 하는 정도였다. 내성적이고 소심하며 성격도 원만하지 못하다. 남들과 잘 어울리지 못하고 무슨 말을 꺼내면 안으로 숙여드는 말이라 얼른 이해가 되지 않는다.

두 시간 가까이 떠들썩하던 분위기가 잠시 정적을 탔다. 그동안 한 마디 없던 그가 테이블에 놓인 수저통에 손을 가져갔다. 숟가락 하나를 꺼내더니 들어올렸다. 그에게 주목하는 사람이 나 말고는 없었다.

그는 손에 쥔 숟가락을 내 곁에 앉은 녀석에게 건넸다. 이미 숟가락을 사용하고 있던 친구는 영문을 몰라 겸연쩍은 얼굴이었다. 그가 숟가락을 꺼낼 때부터 색다르게 여겼던 나는 호기심이 더욱 일었다. 다른 녀석들은 또 무슨 말인가로 시작해 분위기가 어느새 떠들썩해져 갔다.

"떨어뜨려봐."

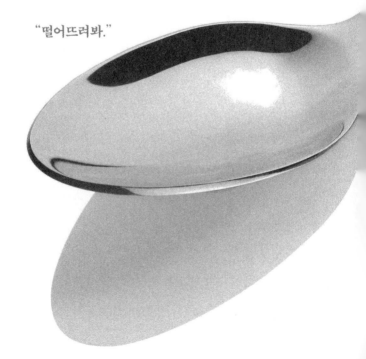

작곡을 하는 친구가 말했다. 순간 아! 감탄이 절로 나왔다. 숟가락을 쥔 녀석이 어리둥절해하는 사이 그가 다시 말했다.

"숟가락을 바닥에 떨어뜨려봐.
그리고 소리를 들어봐."

숟가락을 쥐고 있는 녀석이나 다른 녀석들이나 그 의미를 파고들 감수성이 그다지 없어 보였지만 나는 느끼고 있었다. 그가 무엇을 원하는지, 마음속에 어떤 강렬

함이 수런거리고 있는지. 숟가락을 받아 쥔 녀석이 어색하게 웃고만 있자 그는 숟가락을 도로 가져갔다. 그러곤 허공에 들고 있던 숟가락을 살짝 놓았다.

팅,

청아함이 퍼져나갔다.

황홀함과 행복감이 너무도 커 나는 어쩔 줄 모를 지경이었다.

"너는 이해하지?"

그는 내 눈을 들여다보며 물었다. 나는 고개를 끄덕였다.

그의 눈빛은 시멘트 바닥을 두드리며 울리는 청아한 소리처럼 곱고 맑게 빛났다. 다른 녀석들은 우리 둘의 이야기에 관심조차 없었고 이미 시작된 잡다한 이야기에 웃고 떠들 뿐이었다.

아주 작은 사건이지만 울림이 커서 나는 결코 잊을 수가 없을 것 같다.

'금수저 은수저 흙수저'란 말이 퍼진 지 오래되었다. 그렇게라도 자조해야 비틀리고 괴로운 마음들이 숨 쉴 구멍이나마 만들어지는 모양이다. '헬조선'이란 말 역시 유행의 절정을 넘어 썰물처럼 아스라하게 밀려가는 면이 있지만 병폐가 깊어지는 현실을 보면 언제 더 무서운 말로 둔갑해 우리 가슴을 또 휘저을지 모른다.

숟가락은 놀이 도구가 별로 없던 어릴 적의 내겐 좋은 장난감이었다. 오목 파인 면에 얼굴을 비추면 얼굴이 거꾸로 되면서 기이하게 일그러진다. 볼록 나온 면에 얼굴이 비치면 판이한 모양으로 변형된다. 오목 거울과 볼록 거울 같은 것이다. 나는 두 개의 상이한 거울을 양면에 지니고 있는 숟가락을 앞뒤로 돌려가며 얼굴을 비춰보곤 했다. 주변에 있던 식구들에게도 해보게 했다.

자연으로부터 조금 문명화된 쌀, 좀 더 문명화한 밥, 그것을 떠 우리의 몸 안으로 넣어주는 수저는 인류사적으로도 깊은 의미가 있다. 손의 연장이라고 부를 수도 있겠다. 수저를 사용하지 않고 맨손으로 음식을 먹는 부락이 아프리카나 인도 등지에 지금도 많으니 그 말에는 타당성이 더해진다.

수저에 대한 좋은 이미지가 있어서인지 몰라도 주변

에서 금수저 은수저 흙수저 이야기가 흐를 때 나는 이렇게 되받아치곤 했다.

"나는 나무수저가 좋아.
어릴 때 나무 도시락에
밥과 노란 단무지, 계란 같은 반찬을 넣고
소풍 가서 먹을 때의 나무젓가락.
와리바시 말야."

그렇게 말하면 주변 사람들이 어이없어하다가 화제가 그런 방향으로 뒤바뀔 때도 있었다.

"나무수저보다 손수저가 낫지.
어릴 때 엄마가 장독에서 김장 김치 꺼내 와
손으로 주욱 찢어 입에 넣어줄 때의 엄마 손 수저."

그러면 사람들의 얼굴에 미소가 한결 도드라졌다.
"맞아. 엄마의 손수저."
엄마나 고향에 대한 그리움, 하얀 쌀밥의 서정 같은 걸로 이야기가 깊어지기도 했다. 더러는 돌아가신 엄마가 그리운지 목소리가 먹먹해지기도 했다.

그러나 그 정도가 나의 한계였다. 시중에 떠도는 금수저 은수저 흙수저 담론에 대해 나는 그 이상으로 깨고 나가지 못했다. 그러나 작곡을 하는 어설픈 가난뱅이 친구가 허공에 수저를 들어올린 다음 떨어뜨릴 때 났던 '팅~' 소리는 나로선 상상치도 못한 세계였다. 그 순간 술집은 우주로 변했고 은하수의 맑은 별들이 팅팅 소리를 내기 시작했다.

금수저 은수저 흙수저란 말엔 너무도 깊은 비애가 담겨 있다. 그런 말이 나오기까진 사회의 구조가 병이 들어도 가벼운 병이 아니라 치명적인 병이 들 정도여야 한다. 사회에 대한 새로운 은유가 터지는 것은 모순과 부패가 적당히 자리 잡을 때가 아니다. 견딜 수 없을 정도로 내달아 영혼의 골병이 헬조선의 접두사 격인 헬hell 즉 지옥인 듯 들어야 터져 나온다. 1970년대의 시대적 질곡 속에 터져 나온 '풍자냐 자살이냐'처럼 비장하지는 않고 오히려 명랑하기까지 한 표현 속엔 진저리쳐지는 슬픔과 청춘들의 감각이 함께 버무려져 더욱 아프다. 명랑성이 깃든 저런 말로 시대의 어둠이 사라지지 않을 거라는 절망감을 냉소적으로 품은 밝은 은유이기에 가슴이 더욱 미어진다.

그러한 슬픔과 아이러니를 지닌 금수저 은수저 흙수저. 그 말을 특히 많이 쓰는 푸르른 나무들인 청년들에게 기성세대의 한 사람으로서 미안하기 그지없다.

"그 소리에서 뭐가 느껴져?"

느닷없는 청아함에 혼을 빼앗긴 내게 친구가 넌지시 물었을 때 그와 단둘이었다면 나는 소리와 음악과 별들의 향연을 음미해나갔을 것이다.

그나 나나 흙수저에나 속할 것이다. 중년의 흙수저끼리 어우러져 밤새도록 천상의 소리와 빛깔들의 연금술사가 되어갔을 텐데. 그런 미학적 반죽을 젊은 남녀들도 빚어나갔으면 좋겠다. 그러다가 소리의 세계든, 감각, 마음, 취미, 꿈의 세계든 금수저 은수저 흙수저의 허한 장마에 파묻히기 이전의 맑은 대지에 가 닿았으면.

책임을 회피하거나 전가하는 것은 결코 아니다. 젊은 세대들이 금수저 은수저 흙수저 같은 자조나 읊조리게 한 나 같은 기성세대들은 이제부터라도 그 못된 성곽을 빠져나와 개혁과 개선을 위한 반성과 노력을 해야겠지. 우리 모두가, 우리가 낳은 담론의 감옥에서 벗어나 멋지고 풍요로운 광장에서 만날 수 있다면 얼마나 좋을까.

부엌에서 배우는 것들

"남자는 부엌에 들어가면 안 된다."

어머니께 듣던 말로 인해 부엌은 내게 금기처럼 작용했었다. 결혼생활 중에 아내가 아파도 주방에 들어서는 게 내키지 않았다. 그런데 이제 주방은 내 삶의 한 부분으로 여지없이 들어왔다. 꼭 혼자 사는 삶을 살게 되어서만은 아니다.

쌀을 씻는 것, 국을 끓이는 것, 설거지를 하는 것이 처음엔 낯설었다. 내 일이 아닌 것 같아 성가시고, 해나가는 동안에도 울적하곤 했다.

그러다가 언제부턴가 색다른 마음이 들기 시작했다. 부엌이야말로 인류의 문화가 듬뿍 담긴 공간이다. 부엌을 빼놓고는 인류문화사를 이야기할 수 없다.

머릿속에 먹물이 들어가야 뭐라도 한 듯한 느낌이 드는 쪼다 같은 내게 그런 각성이 일어나자 부엌이 달리 보였다. 주방 일이 꼭 즐거운 건 아니었지만 매력이 느껴졌다.

물이 담긴 냄비가 불 위에 올려진다. 나는 냄비 바닥에 된장을 짓이겨 바르고 이미 썰어놓은 두부를 냄비에 넣는다. 도마에 마늘을 올려놓고 다다닥 썬다. 된장찌개를 끓이는 것이다.

냄비, 저것은 철기 문명의 산물이다. 그것이 그보다 까마득히 이른 시기에 우연히 발견된 불 위에 올려져 있다. 문명사적으로 동떨어져 있는 불과 쇠가 내 눈앞에 함께 있다.

불 위에 올려진 냄비 안의 물이 지글지글 끓는다. 너무도 아득해서 기원을 알 수 없는 존재가 물이다. 물은 우리가 사는 지구에만 있는 것도 아니다. 물은 우주적이다.

불과 물은 동양철학에서도 중요하다. 주역도 그 둘을

빼면 대들보 빠진 집처럼 무너져버린다. 천지 곧 건곤乾坤은 물과 불 곧 감리坎離와 뗄레야 뗄 수가 없다. 철학적으로도 이처럼 중요하고 인류사적으로도 필수적인 불과 물이 소박한 나의 노동 앞에서 태극춤을 추고 있는 것이다.

칼은 또 얼마나 남성적인가. 도마 위를 다다닥 달려가는 소리는 알싸한 마늘 내음 속에서 얼마나 풍성한 세계로 우리를 이끄는지. 대장간의 열기도 설핏 스치고 청동기 이후의 사나운 제국의 시대로도 몽상 한 자락이 펼쳐진다.

집에서 핵심적인 장소 두 곳을 꼽는다면 부엌과 화장실便所일 것이다. 거실과 세면장도 물론 중요하지만 그 둘에 비하면 부차적이다. 거실이 없다면 부엌에 침대를 갖다 놓고 잘 수 있다. 세면 역시 부엌에서 할 수 있다. 반면에 부엌이 없다면 삶에 필수적인 음식의 공급이 어렵다. 매식으로 해결될 수도 있지만 근본적이지 않다. 화장실은 음식을 소화한 후의 배설과 직결된다. 그것이 없다면 집은 이삼일이 지나기도 전에 엉망이 될 것이다.

이러한 부엌은 집 바깥의 흙과 연결된다. 흙에서 난

채소와 쌀, 고기 등이 다채로운 경로를 통해 부엌으로 들어와 음식이 된다. 음식은 집의 구성원들의 몸속으로 들어가 소화된다. 그런 후 배설물이 집 바깥으로 여행을 떠나 흙으로 돌아간다. 그 긴 순환의 여정 속에 집이 있고 그 안의 부엌과 화장실을 통해 사람들은 소위 생명을 영위하고 문화생활을 하는 것이다. 부엌은 인체의 입, 화장실은 배설기관과도 기능적인 면에서 동일하다.

그처럼 인류문화사와 의식주에서도 중요한 '식食'의 과정이 녹아 있는 부엌.

이 선물을 나는 남자들이 어이없이 상실했다고까지 생각하게 되었다. 남자들은 외면을 하다 보니 상실했다. 여자들은 너무 매이다 보니 이런 몽상을 할 여유가 없다. 남자나 여자 모두에게 불행한 일이 일어난 것이다.

부엌은 인류문화사의 축소판이자 압축판이다. 몸소 체험을 할 수 있기에 박물관에서 간접 체험으로 그치는 것보다 생생한 느낌을 안겨준다.

고기나 생선을 대할 때는 수렵 문화가 어른거린다. 쌀을 씻고 상추나 시금치를 다듬을 땐 농경 문화가 어른거린다. 그 이질적인 문화들이 손 안에서 어우러지며 거듭난다.

밥이 익어가는 냄새. 불이 뻘겋게 솟으며 물이 끓는 소리. 벽에 걸린 쇠붙이들과 나무 주걱에 배인 밀도…… 나처럼 가족 해체가 일어나야 부엌에서 통찰을 얻을 수 있다는 말은 결코 아니다. 상실하지 않고도 아무 때나 곧장 얻을 수 있는 귀중한 자산이 바로 부엌이다.

아내를 위하여 부엌에 들어가지 않아도 좋다. 남성들이여, 유교 문화든 습관이든 그 어떤 탓이든 간에 상실하고 만 인류 문화의 도가니 속으로 이제라도 들어가보시라. 쌀을 씻을 때 손등에 감겨오는 물의 촉감을 느껴보시라. 그 안엔 또 얼마나 많은 정감과 사유의 촉진제와 그리운 밀물들이 섞여 있는지. 추운 겨울에 식솔들을 위해 쌀을 안칠 때 어머니의 손등에 스미던 찬물도 설핏 지나갈 것이다. 유년 시절에 대해 잊고 있던 추억들이 덩달아 따라 나올 수도 있을 것이다. 그에 따른 감동을, 그것을 둘러싼 풍요로운 문화 더미들에 대한 느낌을 사랑스런 자녀들과 나눠보시라.

사회 교육은 가정교육부터.
가정교육은 밥상 교육부터.
구한말까지 오백 년간 한반도를 휘감은 유교의 한계

는 거기까지였을 것이다. 유교의 빛과 그림자가 있겠지만 그 그림자만 본다면 그것이 우리가 사는 지금 이 시대의 사회와 가족, 개인 특히 기성세대의 무의식까지 침범하고 있는 것도 사실이다. 지금이라면 밥상 교육은 부엌 교육을 통해 훌륭한 교육으로 재탄생될 것이다. 어느 누군가에게 편중된 모성애적 노동은 남성들을 포함한 식구들 모두에게 평화적으로 분배될 때 인류사적 자산으로 거듭날 수 있다. 물론 실패한 사회주의처럼 경직된 방식은 또 다른 병폐를 낳을 수도 있다. 사랑이 우선인 가족답게 지혜를 발휘해 부엌 안에 담긴 놀라운 보물들을 공유한다면 그 풍성한 담론의 부엌 교육은 훌륭한 밥상 교육이, 그것은 다시 훌륭한 가정교육이 되어 사회의 바탕을 훈훈하고 기름지게 다지는 밑거름이 될 것이다.

남성들이여, 자칫하면 상실한 채로 한 생을 접어야 하는 부엌 노동의 멋과 가치를 이제라도 알고 끌어안아보시라. 그 속에서 몸으로 느껴지는 작고 아름답고 풍성한 감각의 대화를 가족들과 나누어보시라.

이제 부엌은 담론을 통해 재탄생할 것이다. 그것은 가

족의 재발견, 가족과 사회의 재탄생으로 이어지지 않겠는가.

　부엌을 놓치는 것은 인류 문화사의 절반을 놓치는 것이다.

아궁이와 가스레인지, 그리고 보일러

가스레인지의 불을 켜본다. 불길이 올라온다. 따뜻하다. 가스레인지를 골똘히 바라본다. 별 느낌이 없다. 그냥 기계일 뿐이다. 스위치를 돌려 가스레인지의 불을 끈다.

조금 전까지만 해도 이럴 줄 몰랐다. 그런데 부엌에 대한 상상에 빠져봤던 덕에 아궁이를 생각하게 되었다.

가스레인지와 아궁이는 동격일 것이다. 아궁이의 불 위에 솥을 올리고 밥을 지었으니 말이다. 그런데 아궁이엔 그 속에서 타오르는 불의 기운이 배어 있는 데 반해 가스레인지는 그렇지 않다. 즉 가스레인지엔 아궁이와 다른 점이 분명히 있는데 그에 대한 생각 없이 살아왔다

는 사실에 불쑥 마음이 갔다. 아무런 느낌이 없으면 그
냥 무감각하게 살면 되지 뭘 신경을 쓰나. 그러나 왠지
마음이 쏠렸다.

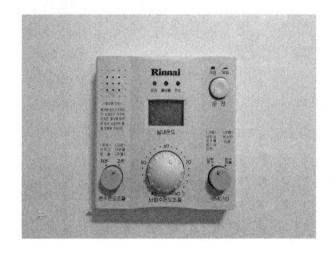

방으로 들어갔다.

벽에 달린 보일러 조절 장치가 오늘따라 눈길을 끌
었다.

사각의 하얀 플라스틱 패널 위에 몇 개의 버튼과 숫

자, 기호가 담겨 있다. 평소엔 그저 버튼을 누르기나 했을 뿐인데 지금은 유심히 들여다보고 있다.

이 보일러 조절 장치나 그것에 의해 작동되는 보일러에 대해서도 생각을 해본 적이 없다는 자각이 일었다. 샤워를 할 때 온수가 나오도록 하거나 겨울에 난방을 하려고 버튼을 눌렀을 뿐이다.

이 또한 당연한 일이다. 필요에 의해 버튼을 누르면서 누가 보일러에 대한 생각을 한단 말인가. 고장이 나서 고칠 궁리를 할 때라든가 기계에 관심이 있는 사람들이라면 또 다르겠지만 말이다.

그러다가 머리를 팅, 맞은 느낌이 들었다. 가스레인지와 보일러를 합친 것이 바로 아궁이인 것이다.

요즘의 집엔 아궁이가 대개 없다. 대신에 저런 기계들이 들어섰다. 나는 스물 남짓 되기 전까지는 아궁이가 있는 집에서 살았다. 연탄 아궁이였다. 도시 아닌 시골에선 장작을 때는 아궁이가 대부분인 시절이었다.

연탄을 때든 장작을 때든 아궁이는 부엌의 심장이다. 그것이 없다면 밥을 어디에 짓고 국을 어디에서 끓이고 꽁치를 어떻게 굽는단 말인가. 곤로가 물론 그런 일을 하지만 그것이 없던 시절도 있었다.

아궁이 속에서 불이 타오르고 솥 안의 밥이 익어간다. 그 불은 고래를 통과해 구들을 달군다. 온돌방이 따듯해진다. 아궁이는 주방 기구_{가스레인지}인 동시에 난방_{보일러} 기능까지 했다.

아궁이와 그와 연관된 것들에선 모두 불의 내음이 난다. 아궁이, 고래, 구들, 온돌, 솥, 밥…… 모두 불의 냄새가 배어 있으며 친근하다. 아궁이와 친연_{親緣}적인 관계를 맺고 있다.

이러한 불내음은 아궁이 속으로 들어오는 장작이나 연탄에서 기원하는 것이다.

"아랫목에 앉아."
"온돌방이 역시 따듯하고 좋지."
"구들을 잘 놓았어."
"밥 좀 가져와."
"알았어요. 솥에서 얼른 퍼 올게요."
"얘들아, 그만 놀고 방에 들어와 밥 먹자."

어릴 적에 흔히 듣던 말들이다. 아버지와 어머니의 목소리에도 불내음이 담겨 있었다.

아궁이 없이 불만 쓰던 시절도 있었다. 불을 가두고 불씨를 보존하는 일이 중요함을 인지한 선조들은 아궁이를 생각해냈다. 그러한 역사성을 지닌 불의 기운은 아궁이라는 도구에 담겼다. 선조들의 마음과 그 마음을 담은 도구는 하나인 듯 자연스럽게 어우러졌다. 그런 아궁이가 기술의 발달로 가스레인지와 보일러로 분화했다.

그런데 가스레인지와 보일러에서는 아궁이에서 느껴지던 마음, 그 불의 느낌이 들지 않는다는 것이 이 글의 시작이었다. 장작 아궁이를 쓰던 시골집 부엌에서 불이 활활 타오르는 것을 그 앞에 쪼그려 앉아 바라보고 있으면 느낌이 아주 좋았다. 불과 아궁이가 하나인 듯도 했다. 아궁이는 불의 정서를 듬뿍 담고 있었다.

보일러에 대해선 그 말boiler 자체에 '물을 끓이는 것'이란 의미가 담겨 있기에 불의 느낌이 있긴 하다. 그러나 기계로서의 보일러에선 온돌이나 구들장에 배어 있는 불의 냄새가 느껴지지 않는다. 보일러 조절 장치에 대해서는 더 말할 것도 없다. 둘 모두 불은 없고 그저 따스함을 퍼 나르는 도구일 뿐이다.

　과학과 공학이 이루어낸 값진 선물들에서 불의 내음이 느껴지지 않는다는 불평을 하자는 것은 아니다. 삶과 문화, 언어에 불의 냄새 즉 자연의 기운이나 마음이 꼭 감겨 있어야 한다는 것도 아니다. 어찌 보면 가스레인지와 보일러는 아궁이에 불이 꺼지지 않도록 하느라 줄곧 그 앞을 지켜야만 했던 가사노동자에게 자유와 휴식을 선사한 것 아닌가. 다만 우리가 인식하지도 못한 채 상실되어가는 것에 대한 우려를 말하고 싶은 것이다.

　과학의 발달로 인해 사진이 나오자 사진에는 그림에 있는 뭔가가 상실되었다고 본 벤야민은 상실된 그것을 '아우라'라고 불렀다. 벤야민의 작업이 예술적 차원이라고 본다면 나의 이 작업은 인류문화적 차원이라고 말하고 싶다. 가스레인지와 보일러에는 아궁이에 있던 '아우라'가 없는 것이다.

　하지만 사진에 없는 '아우라'는 되찾을 수 없는 것인지 몰라도 아궁이가 가스레인지와 보일러로 분화될 때 사라진 무언가는 우리의 마음속에 남아 있다. 문명의 발달과는 별도로 우리가 맘만 먹으면 얼마든지 되찾아

복원할 수도 있다. 꼭 기계문명을 파괴해야 복원할 수 있는 것도 아니다. 그런 담론이 의미 있다는 공감이 확장되면 된다. 꼭 '담론'을 들먹이며 거창하게 말하지 않더라도 그런 생각이 우리 삶의 공간 한쪽에 담담히 퍼져 흘러 우리가 인지하지 못한 채 상실한 것들을 떠올리다 보면 기계나 물질에 휘둘리지 않고도 삶과 문화가 기름지게 흐르며 표피적인 상술에는 쉬이 흔들리지 않는 균형미가 발휘될지도 모른다.

아궁이에 연탄을 넣어 쓰게 되면서, 연탄 아궁이에는 장작 아궁이에 없던 것이 하나 생겼다. '레일'이다. 연탄을 담은 통을 아궁이 안쪽 고래를 향해 밀어 넣기 위해서이다. 어릴 적의 나는 그 레일을 보며 기차를 연상하곤 했다.

불이라는 근원적인 인류 공통의 에너지, 그리고 증기기관차로 상징되는 산업혁명 이후의 급격한 변화의 결과라고도 할 수 있는 가스레인지, 보일러 (그리고 원격제어 시스템)……. 내 유년의 집과 아궁이의 변천사가 그 장구한 흐름 속에서 문득 풍요롭고 다층적인 의미로 거듭난다. 이런 따뜻하고 풍성한 서정에는 피상성이 난무

하는 이 시대에 삶을 허무와 공허로부터 구출할 힘이 있다. 가스레인지와 보일러에는 없지만 아궁이에는 있는 것, 그것을 생각하고 일상에서 떠올릴 때마다 매일이 기름지고 윤택해진다.

부뚜막의 검은 보석

뜻밖의 것이 기쁨을 주는 경우가 있다.

솥단지 검댕.

그것도 내겐 그렇게 왔다.

내 유년의 집 부엌 부뚜막의 솥단지에도 검댕은 붙어 있었다. 생각지도 못한 그것을, 부엌과 아궁이에 관한 내 에세이를 읽고는 친구가 환기시켜주었다. 혼자 곰곰이 생각하다가 녀석에게 전화를 걸었다. 통화가 되지 않았다. 대신에 이런 류에 박식한 다른 친구에게 전화를 걸었다.

"그게 활성탄이야. 숯인 거지. 차콜.

소화제로 쓰였지.

정수기에 달린 필터에도 그게 들어가.

흡착성이 뛰어나니까.

옛날에 소화제가 있니? 뭐가 있니?

솥단지에 붙은 검댕을 떼어서 그냥 먹인 거지.

배 속에 있는 독소를 빨아들여 약효가 있는 거지.

신기한 것은 몸속의 좋은 성분은 흡수되지 않고

유해 성분만 흡수된다는 거지."

술술 흘러나왔다. 친구의 말에는 내가 몰랐던 청량감이 있었다. 솥 바닥에 달라붙어 보기에도 흉측하고 쓰레기인 듯한 것이 놀라운 효과를 지닌 약재인 동시에 과학으로 둔갑하고 있었다. 녀석은 말을 이어나갔다.

"탄소로 이루어졌지. 연필 안에 든 흑연 있잖아.
그것도 탄소야.
다이아몬드도 탄소지. 요즘 신소재로 한창 뜨는
그래핀도 탄소로 된 것이고.
탄소로 이루어진 것들이 주변에 엄청나게 많지.
지금의 문명 자체가 탄소 문명이기도 해.
석유도 탄소 빠지면 시체지.
숯 역시 그런 것들과 같은 계열로 보면 돼."

연필에 이어 다이아몬드, 신소재까지 확장되자 기분이 배가되었다. 하긴 이 세상의 어떤 사소한 것일지라도 뻗어나가다 보면 별의별 찬란함들에 닿을 것이다. 그러나 한갓 쓰레기 같은 걸로 여겨졌던 것이 배반을 일으키며 빛을 내어서 그런지 의미가 남달랐다. 나는 그것을 업신여긴 적은 없었고 방치한 정도인데 새까맣게 일그

러진 채 검은 솥에 달라붙어 있던 그것에서 모종의 검은
카리스마를 느꼈던 것 같기는 하다.

"『동의보감』엔 열독을 없애고
　배 속의 덩어리진 것을 삭히며
　갑자기 허한 증상이나 이질과 설사를 멎게 한다고
　되어 있지요.
　숯엔 백탄도 있지요. 고온 처리된 것이 백탄이고
　상대적으로 저온 처리된 것이 흑탄이에요.
　찰밥에 숯검댕을 치대서 환으로 만들어 먹인다는
　얘기도 들은 적 있어요.
　아마 급체했을 때 그랬던 것 같아요."

　또 다른 고마운 지인도 검댕에 대한 좋은 정보를 알
려주었다.

　부엌의 아궁이에 든 연탄. 그 열아홉 개의 구멍에서
치솟는 불은 벌겋고 푸릇했다. 나는 불이 정반대의 빛
을 낼 수 있다는 것을 연탄을 보고 알았다. 불이라고 하
면 빨간 빛으로만 아는 게 당연하지 않은가.

불이 꺼지고 나면 연탄은 검은색에서 흰색으로 변한다. 검은색의 연탄은 무겁고 희게 변모된 연탄은 가볍다. 그 무게의 차이가 온돌방을 뜨듯하게 했으며 냄비의 국을 끓여 우리 식구를 먹였다.

부엌엔 찬장도 있어 설탕과 간장, 고추장, 식초 외에도 빵을 구울 때 먹음직하게 부풀리는 이스트도 들어 있었다. 나는 찬장에서 설탕을 꺼내 국자에 붓고는 연탄불에 올리곤 했다. 나무젓가락으로 휘이 저으며 끓였다. 이스트를 넣으면 소담하게 부푼다. 쇠판에 쏟아놓고 바닥이 평평한 쇠붙이로 꾸욱 눌렀다. '달고나'라고 해서 이 설탕과자를 별이나 새, 곤충 모양으로 떼게 하는 장사꾼이 학교 앞에 있었는데 그 놀이를 부엌에서 했던 것이다.

어머니에겐 노동의 장소이며 아버지에겐 무관심의 영역이지만 우리 어린이들에겐 놀이터이자 연금술이 빚어지는 공간이 부엌이었다.

때론 쥐들이 돌아다녀 공포스러웠다. 연탄집게나 빗자루를 들어 쫓아내고 나면 찝찝한 먼지가 음식에 들어가진 않았을까 걱정과 불결함이 깃든 식사를 하기도 했다. 그러나 지금 달리 생각해보면 쥐와 파리, 모기, 거미 등등과 함께 살아가던 자연의 모습이기도 했다.

솥에서 밥을 퍼내면 누룽지가 남는다. 그것 또한 배고픈 시절의 훌륭한 간식거리였다. 그렇게 맛있을 수가 없었다. 어머니는 그것을 모아 기름에 튀긴 후 설탕을 바르기도 했다. 그러면 고소한 과자로 변모했다.

남은 누룽지에 물을 부어 끓이면 숭늉이 된다. 누룽지가 사라지다시피 해 숭늉도 덩달아 그렇게 되었지만 그 맛은 식후의 커피나 녹차보다 나은 점도 많다. 구수하기가 일품이며 이미 먹은 밥과 호응이 잘 되기에 자연스럽고 편하다.

밥과 누룽지, 숭늉이 솥 안의 세계라면 그 바깥의 바닥 아래쪽에선 또 다른 풍경이 펼쳐진다. 그 풍경을 음미하기에는 장작 아궁이가 더 좋다. 장작이 불길에 타오른다. 장작이 숯으로 변해가며 그 숯가루와 그을음, 연기가 솥바닥에 맺히고 맺혀 덩어리가 되어간다. 이른바 검댕이다.

부엌에서 가장 허접한 것이 아마 솥단지에 붙은 검댕일 것이다. 그러나 옛날 여인들은 대부분 그것이 훌륭한 약재라는 것을 경험적으로 알고 있었다.

옛날엔 버드나무 껍질에서 해열제나 진통제를 구했

다고 하니 약이란 그 기원이 엄청 깊을 것이다. 아스피린도 버드나무 껍질에서 추출한 성분으로 만든 것을 보면 민간요법과 현대 의학과의 관계가 요원한 것만도 아니다. 청동기나 철기를 만들던 시기에도 그 주조에 숯이 필수적으로 있어야 했다. 그렇게 연료나 무기 제조 등등에 다양하게 사용된 숯이 의약으로도 쓰인 것이다.

먹을 것도 모자란 시절이었다. 한약방이래야 드물었고 약 지을 돈 구하기도 무리였을 것이다. 가족 중 누군가가 배탈이나 설사가 나면 어머니들은 아궁이로 달려갔다.

불씨가 꺼지면 큰일이 나는 시대도 있었다. 조선시대에는 불씨 보존하기를 생명 귀히 여기듯 했다. 아궁이 곁에 '화티'라고 해서 불씨 보관 장소를 자그마하게 만들어 불씨를 꺼뜨리는 일이 없도록 노력했다. 늘 지펴져 있는 불씨에서 얻어낸 불이 타다가 죽어야 손에 쥘 수 있는 것이 검댕이다. 그런 역설 속에 있기에 검댕은 빛나기도 한다.

그 검댕은 연필심인 흑연, 다이아몬드, 신소재인 그래핀과도 가족이며 형제이기도 하다. 훌륭한 로열패밀리를 지닌 존재가 부엌에서 못난 천덕꾸러기였다가 그 가족의 위기 시에 구원투수로 나서는 것이다.

　솥단지 검댕.
　그 말을 듣자마자 마음이 저미듯 열린 것은 어릴 적에 언뜻 느꼈던 검게 웅크린 카리스마 덕택인지도 모른다. 무엇인가 깊은 것이 담겨 있는데 그것이 뭔지를 모른 채 몇 십 년을 살다가 그 존재감으로 인해 결국은 본질이 열려져 압도를 당했다고나 할까.
　전통 부엌은 그 하나만으로도 눈부시게 빛난다. 지금 내가 살고 있는 누추한 셋집의 주방이나 그 이전에 내가 꽤 잘나가던 시절의 아파트의 주방이나 솥단지 검댕, 그 검은 보석이 도사리던 전통 부엌에 비하자니 문득 맹숭맹숭하다. ✐

가둠의 미학, 항아리

개, 소, 돼지, 양, 말 등등 동물마다 가축화된 시기가 다른데 개의 경우는 대략 일만 년 전쯤이라고 한다. 그 비슷한 과정을 식물도 거친다. 콩 역시 야생에서 자생하다가 재배식물화된 것이다.

콩은 메주의 재료로 쓰인다. 그것을 밭에서 수확해 솥에 삶은 다음에 절구에 넣어 찧는 풍경이 예전엔 흔했다.

삶은 콩을 찧은 다음엔 대개 벽돌처럼 네모나게 빚는다. 그렇게 만든 메주에 볏짚을 두른다. 공중에 매달기 위해서만은 아니다. 볏짚에 닿는 부분에 핀 곰팡이 덕에 메주가 알맞게 띄워지면 통풍 잘되는 그늘에 매달아 말린다. 마지막엔 햇볕에 쬐어 바짝 말린다.

간장을 만들기 위해선 항아리가 필요하다. 아득한 시절에도 불을 가둘 수 있는 아궁이를 만들고, 그 아궁이에 음식을 요리하거나 담고, 또 저장하기 위해서는 토기가 필요했을 것이다. 항아리는 토기 중에서도 옹기에 속하는 물건이다.

아궁이가 불을 가두는 그릇이라고 한다면 토기는 음식을 가두는 그릇인 셈이다. 아궁이와 토기는 가둔다는 의미에선 동일선상에 있다.

인간은 동물을 울타리 안에 가둬 길렀고, 식물을 일정한 공간에 가둬 길렀다. 그것이 가축이고 농사이다. 야생 동물과 야생 식물의 일부가 인간에 의해 그 원초적 야성이 변형된 채 자연으로부터 인간의 문화로 편입되어버린 것이다. '가둠'의 개념은 떠돌아다니며 수렵과 채취를 하던 구석기시대를 벗어나 정착해 농사를 짓는 신석기시대의 생활방식에 잇닿아 있다.

가두는 것, 모으는 것, 안과 밖의 개념, 분리의 개념 등등은 떠돌며 둥굴이나 천막에 살던 시절에도 있었음직하다. 그 구석기시대의 유물인 알타미라 동굴 벽화를 보면 선과 원으로 구획된 대상의 안과 밖의 색이 달리

칠해져 있다. 앞서 했던 추론의 단서를 거기에서 찾을
수 있을 듯도 하다.

먹거리 동물을 잡기 위해 무리 지어 조여갈 때, 동물
을 도살하여 내장을 꺼낼 때, 개울에 흐르는 물을 떠먹
기 위해서나 하늘에서 내리는 빗물을 받아먹기 위해 두
손을 접시마냥 모아 만들 때도 인간은 본능적으로 무언
가를 가둠으로써 소유한다는 느낌을 가졌을 것 같다.

가둠과 소유, 문명의 발달로 생각을 이어나가면 그 연
속선상에 '울타리―마을―부족―국가'가 차례로 등장
한다. '샘―우물―저수지'도 마찬가지이다. '사랑―결혼'
은 어떨까? 인류는 정착생활을 하게 됨으로써 스스로를
가두고 주변을 가두는 생활양식을 구조화했고, 그에 따
라 가둠과 관련된 개념들은 보다 강화되거나 단절적 연
속성을 띠게 되었다.

야생의 콩을 가둬 길러 얻은 장콩을 삶아 찧어 만든
메주를 가둔 항아리는 소금물로 채워진다. 아궁이에 가
둔 불씨가 낳은 숯이 여기에 들어간다. 고추와 대추도
들어간다. 그리고 시간이 흐른다. 항아리 안의 세계가
온도와 공기, 미생물 등등의 작용을 받으며 변화해간다.

건더기를 꺼내 치대서 숙성하면 된장이 되고 남은 소금물을 숙성하면 간장이 된다.

그렇게 얻어진 간장은 우리나라의 대표적인 발효 식품의 하나이다. 항아리 속에서의 길고 긴 시간을 통과하며 그윽해진다. 숯은 유해 물질을 흡착하기도 하지만 탄소 등의 미네랄을 머금고 있다가 내어놓는다. 고추는 살균 작용을 하고 대추는 붉은색으로서 액을 막는다. 즉 과학적인 것과 상징적인 것이 함께 버무려져 거무스레하면서도 그윽한 빛깔의 예술이 탄생하는 것이다. 심연을 닮은 그것이 국을 끓이거나 두부나 멸치조림을 할 때, 각종 밑반찬을 만들 때도 필수로 들어간다. 음식에 깊이를 더한다.

간장을 비롯한 장류가 음식의 기본이어서 그런지 아시아 그중 특히 우리나라에서 발효의 가치는 문화의 중심 키워드 중 하나였다. 우리는 오래되어 묵고 그윽해진 것을 최고로 친다. 가야금 산조나 아쟁, 해금 산조에도 발효의 맛이 배어 있다. 판소리나 민요, 김홍도나 신영복의 그림, 다산이나 허난설헌의 문장에도 스며 있다. 고찰이나 전통 가옥, 선조들의 품새나 풍류에도 그런 멋이 감겨 있다.

그런 우리나라에서 언제부턴가 발효라는 좋은 가치는 점점 쇠퇴해가고 부패의 내음이 진동하게 되었다. 정치계, 종교계, 경제계, 교육계, 문화계 등등 사회 전반에 걸쳐 발효의 콤콤한 내음 대신 극심한 썩은내가 난다. 안타깝고 답답하기 그지없다.

항아리에 가둔 메주나 소금물, 숯, 고추…… 그중 무엇 하나만 잘못되어도 된장이나 간장은 만들어지지 못한 채 썩고 만다. 부패가 횡행하는 모습을 보며, 나는 아주 소박한 차원에서 된장이 되지 못하고 썩은 것이 담긴 항아리를 떠올려본다.

항아리엔 가둠의 미학이 있다. 가두되 가두지 않는다. 항아리 안의 소금물, 메주, 숯, 고추, 대추, 미생물의 범벅은 항아리 바깥의 온도와 공기, 낮과 밤에 은밀히 열려 있다. 그 바깥의 조력이 없다면 안에 든 것이 부패해버릴 것이다. 이 바깥이란 조금 비약해 말하자면 우주적 시공이다. 보이거나 보이지 않는 우주의 무수한 것들이 은은한 영향을 끼치는 것이다.

항아리의 입구도 공기가 통하는 한지나 천으로 싼다. 뚜껑도 허술하다. 항아리의 재료 자체가 이미 투과성이다. 빈틈이 존재하기에 건강한 외부와의 소통이 가능하다. 조응, 창조가 일어난다. 항아리 안의 세계와 그 바깥의 세계가 하나의 천연 공장이 되어 발효의 연금술을 펼치는 것이다.

아궁이 안의 불이 그 바깥의 바람이나 산소가 없으면 타지 못하는 것과 마찬가지이다. 집도, 울타리도, 마을도 마찬가지이다. 항아리의 미학을 모르면 열린 곳 없이 가두기만 해서 멀쩡한 재료를 썩힐지 모른다. 꽉 닫아 가둔 채 상대방의 가슴에 못을 쳐 소통의 길을 막을지도 모른다. 우리 사회는 항아리의 미학을 잊은 채 못을 탕탕 내려친 뒤주처럼 그 안의 것들을 썩게 만들고 있는지도 모른다.

햇볕 잘 드는 곳에 놓인 항아리들을 떠올려보자. 그리고 소통을 잊은 채 썩어만 가는 우리들도 되돌아보자. 꽉 닫힌 뒤주를 버리고 햇볕 잘 드는 곳에 옹기종기 모여 사는 항아리 문화로 되돌아가자. 모두의 꿈이 각자의 고유한 내면 속에서 잘 발효되도록 말이다.

나뭇가지와 천연도구 시대

숲길을 걷다 보니 바닥에 내 눈길을 휘어잡는 것이 있었다.

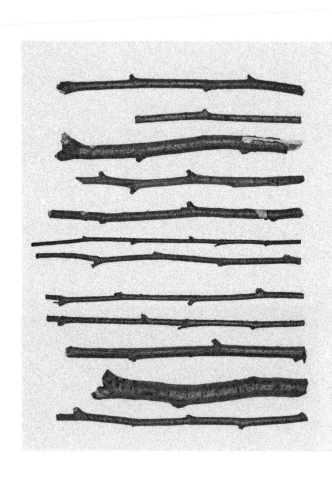

나뭇가지. 평소에도 흔하디흔한 그것이 갑자기 가슴을 후비며 들어온 것이다.

330만 년 전의 석기 발견.
인류 최초의 도구 역사 새로 쓰다.

어느 기사의 제목이다. 이 석기는 케냐의 어느 호수 부근에서 출토됐다는 내용이 뒤를 따랐다. 기존의 최고最古인 이백육십만 년 전 탄자니아 올두바이 도구보다 칠십만 년 앞선 것이라 한다. 스마트폰으로 검색하는 동안 고고학에선 '최초'에 상당한 애착을 보인다는 생각이 들었다. 그리고 그 '최초'란 '갈아치워질 때' 그 의미가 더해지는 것 같다. 하긴 새로운 발견들이 잇따르기에 그럴 것이다. 세월이 흐르면 저 기사의 최초도 '갈아치워져' 새로운 최초가 나올 확률이 크다. 고고학이 주는 선물이자 면역력이다.

기사를 읽던 나는 뭔가 시원하지 않은 기분이 들었다. 이건 평소의 생각이기도 한데, 나는 저 기사의 내용에 오독될 수 있는 여지가 있다고 본다. 저 기사에서 말

나뭇가지와 천연도구 시대

하는 '최초의 도구'란 현재 발견된 것 중에서, 또 발견될 수 있는 도구 중에서 '최초'란 의미이다. 이 부분을 우리는 쉽게 읽어 넘긴다. 즉, 발견될 수 없는 도구도 있다는 말이다. 썩어 사라지는 것들. 가령 앞서 내 발에 차였던 나뭇가지나 넝쿨 같은 것들이다.

땅바닥에 굴러다니는 나뭇가지가 도구의 원형이라고? 그보다는 오히려 넝쿨이나 천연의 돌멩이가 먼저일 수도 있겠다. 그러나 그것은 그리 중요한 문제도 아니고 검증될 수 있는 일도 아니다. 누구는 넝쿨이나 천연석을 만지작 했을지도 모르고 누구는 나뭇가지 또 누구는 열매나 흙, 조개를 만지작거렸을 것 아닌가. 이런 원초적인 것들은 원숭이나 침팬지도 일부 사용하니 인간만의 고유라고 할 수도 없다.

나뭇가지를 들면 자기 키보다 높게 달린 것을 건드릴 수 있다. 그곳에 과일이 달려 있다면 손에 쥔 나뭇가지를 이리저리 움직여 따낼 수 있다. 시골에서 감이나 밤을 딸 때는 지금도 그런다. 모든 도구란 손의 연장일 따름이니 나뭇가지가 태초의 도구이자 무기라고 해도 무리는 없을 터이다.

저 숲의 나뭇잎은 또 어떤가.

사진의 숲은 바이칼 호수 근처인데 그리로 여행을 떠난 친구가 찍은 것이다. 바이칼 호숫가에 살던 고대인들은 저 호수의 물을 손으로 떠먹다가 물에 뜬 나뭇잎을 둥글게 오므려 물을 담아 먹었음직도 하다.

이 시대를 나는 '천연 도구 시대'라 부르고 싶다. 나뭇가지, 넝쿨, 잎, 천연석, 단단한 열매 껍질, 흙, 모래, 조개껍데기 같은 천연 도구와 이를 가공한 것들로 풍부했을 시대를.

목기류의 도구들이 풍부했음직하니 '목기 시대'라고 불릴 수도 있을 것이다. 천연 도구들에 대한 상징을 녹색으로 간주해 '녹색 시대Green Period'라고 이름 지어도 좋다. 천연 도구 시대라고 부르든 목기 시대, 녹색 시대라고 부르든 그리하니 선사시대가 얼마나 풍성해지는가. 돌을 깨 동물을 잡아 죽여 식량으로 삼고 가죽을 벗겨 옷을 지어 입는 식의 납작한 상상력에서 해방시켜주지 않는가.

넝쿨 역시 태곳적에 우연히 눈에 뜨여 요긴하게 쓰였을 것이다. 유난히 질긴 것을 발견하면 사냥한 동물의 다리를 묶기도 하고 채취한 식물들도 묶었을 것이다. 뜨거운 날에 긴 머리카락이 성가시면 그것을 묶었을지도 모르겠다. 그러다 매끈한 끈을 만들게 되었을지도.

그러한 끈^{넝쿨}을 격자로 이어 짜면 그물도 되고 바구니도 된다. 채취한 식물을 넣기도 하고 개울가에서 잡은 물고기를 담는 데, 혹은 잡는 데 사용하기도 했을 것이다.

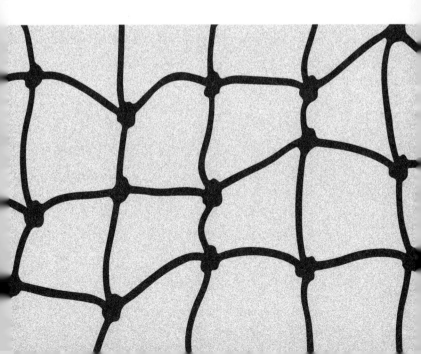

이렇게 성긴 그물을 만들어 쓰던 사람들은 어느 시점에 가느다란 실을 같은 방식으로 엮어 옷감을 만들었다. 의복혁명은 인류사에서 획기적인 사건이다. 옷 덕분에 덥고 추운 기후를 극복했으니 말이다.

삼베옷과 무명옷, 명주옷 모두 정착 생활 이후의 작품들이다. 물레를 돌려 실을 잣는 풍경은 정착 생활의 어느 시점 이후로 일상 풍경이 되어갔다.

실은 그 용도도 다양하지만 심리적으로나 미적으로 깊은 울림을 준다. 실이 생겨나지 않았다면 인간의 정서는 지금과는 다를 것이다.

베틀에 얹힌 실은 천이 되어간다. 바늘에 꿰여 한 뜸 한 뜸 맺어지며 옷으로 변모한다. 거기엔 누군가의 정성이 배어 있다. 비약도 없고 꾀도 없다. 논과 밭에 씨를 뿌려 수확하는 일과 그 시작, 과정, 결실의 면에서 구조적으로 똑같다. 시간은 어느덧 계절에 따른 순환의 관념으로, 떠돌던 시절보다 훨씬 강하게 가슴에 들어와 있다.

그런 순환적이며 안정적인 방식이 농사일에나 밥 짓는 일, 옷 짓는 일에 똑같이 적용된다.

농사를 짓다. 집을 짓다. 밥을 짓다. 옷을 짓다. 서로 다른 이 행위들에 '짓다'라는 동일한 동사가 들어가는 모습이 재미있다. 이 행위에 잡다, 낚아채다, 죽이다, 도망가다. 이런 동사들이 어울렸을 그 이전의 시대를 생각하면 더더욱. 이전과는 다른 안정적이며 지속적인 느낌이 다양한 행위들을 관통하며 흐르는 것이다. 업을 짓다, 마무리를 짓다, 노래를 짓다, 시를 짓다 같은 정신적 차원에도 '짓다'가 들어간다.

농사를 짓고 집을 짓고 밥을 짓고 옷을 짓고 업을 짓고 마무리를 짓고 노래를 짓고 시를 짓는다. '짓다'처럼 정착 생활을 꿰뚫는 말도 없을 것이다. '짓다'는 농경 생활의 핵심이다.

'미소를 짓다'도 그렇다. 인간 사회에 예의와 품성이 과거와는 변별되어 생성되어나갔을 것이다. 그런 말들이 유목 생활과 정착 생활을 통틀어 언제 처음 생겨났는지는 알 수 없지만 정서적으로 그런 흡사한 유대감을 지닌다는 뜻이 더욱 나을 것 같다.

과학은 나름대로 발전하여 '끈 이론'으로 삼라만상의

기원과 현상을 설명하기도 한다. 끈 이론, 더 나아가 M 이론이 우리 우주를 포함한 우주 전체를 설명하고 이해하는 방식 중 하나임을 상기한다면 끈은 현대의 첨단 과학의 정점까지 아우른다고 할 수 있다. 태곳적의 작대기 하나가 현대의 망 세계를 포함한 물질적 차원을 이룬 토대라고 한다면 태곳적의 넝쿨 하나가 끈 이론이나 M이론 같은 학문이나 정신적인 차원의 토대를 이루었다고 대충 퉁쳐도 아주 틀린 말은 아닐 것이다.

작대기와 끈은 모두 선이다. 그 단순함이 물질과 정신, 그 이상의 차원으로 분화, 생성, 진화되어가는 문명의 시초를 이룸과 동시에 그 최초의 이미지가 현재까지 이어지는 것이다.

예쁜 실로 짜인 스웨터를 입은 어느 과학자가 끈 이론을 더욱 깊게 탐구해나간다. 그 풍경 속에 나는 까마득한 시절에 고대인이 숲에서 넝쿨 한 줄기를 쥐어뜯는 모습을 얹어본다. ✐

내 방이라는 성전

　스위치를 눌렀는데 형광등이 들어오지 않는다. 서성이는 동안 벽면에 성스러운 그림이 드리워져 있는 것이 눈에 들어왔다.

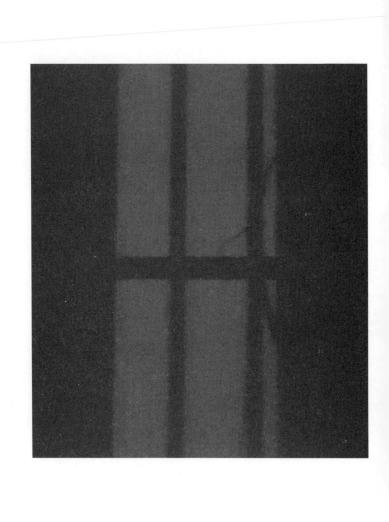

창이 있었고 주황빛 음영이 직사각형의 네모 안에 은은했다. 예배당 안에 들어선 느낌이었다.

"정전이 선물한 적요의 동양화
바라보며 서 있습니다.
어둑한 성당 내부처럼 변한 내 방.
창밖의 빗소리는 아주 먼 곳까지 나를 이어줍니다.
종소리가 들려올 것 같습니다."

마침 내린 보슬비에 마음이 한껏 아늑해져 고교 친구 단톡방에 평소 안 쓰던 경어체로 글을 띄웠다.

"촛불이라도 켜지 그래?"

한 친구의 다정한 문장이 내 마음의 색채를 살짝 바꿨다.

"촛불도 운치 있겠네.
근데 지금은 벽면의 저 임시 주황빛 창이
너무 아름다워.

종교적이고 묵시적이며 나를 반성케 해.
촛불을 켜면 이 임시 예배당이 사라져."

"불을 끄면 밖의 가로등이 그림을 그려주어
성당이 되는 나의 방.
가끔 불을 꺼야겠다."

여운을 주고는 조용히 경청하는 친구의 말이 고마
웠다.

어릴 적에 방의 불이 꺼지면 문밖의 화단이 돌연 상
대적인 밝음으로 살아났다. 어둠 속에 잠겨 있던 장미는
붉은 빛, 사철나무는 초록색, 포도나무의 포도는 검보
라색을 띤 정갈함으로 도드라졌다. 그 풍경이 어른거려
내면의 불마저 끄고 싶은 충동이 일어났다.

"경건의 시간을 가끔 갖는 게 좋을 듯해."

그렇게 적자,

"경건은 자신을 돌아보며 인생을
우주론적으로 사색하는 시간이지."

친구가 답글을 보냈다. 신학을 연구한 학자다운 문장
이었다.

"맞아. 그리고 경건은 종교에만 속하는
것이 아니라 범인류적이겠지."

기독교 신자이기도 한 그이지만 이런 탈종교적인 발
언도 너그럽게 이해해왔기에 편하게 적었다.

"경건은 자신과 만나는 시간.
자신 안의 의외성 내지
신성과 만나는 시간."

한 문장을 덧붙였다. 의외성이라고 적을 땐 즐거움이
샘솟았다.

군이 신성으로 환원시키지는 않겠다는 의미로 적었
지만, 사람들은 종교를 믿든 안 믿든 누구나 경건의 세계를 내면에 지니고 있다. 그 세계는 종교라는 말로는 해석되지 않는 그 바깥의 낯선 빛 같은 것이며 뜻밖의 색다른 감각이다.

"정전아. 고맙다. 경건을 선물해줘서."

기분이 상기되어 적은 그 말도 친구는 말없이 들어주어 나는 충분히 이해를 받는 기분이었다.

나는 기독교 신자가 아니다. 그러나 경건의 가치를 선이니 정의니 배려니 하는 인간의 다른 가치들 못지않게 중요한 것으로 여긴다. 경건은 뭇 종교들 안에서 더욱 깊어졌을 수는 있겠지만 종교들만의 전유물은 아니다. 산을 좋아하는 무신론자가 겨울 설산의 상고대를 바라볼 때 피어오르는 감각, 꽃을 좋아하는 불가지론자가 프리지아 앞을 떠날 줄 모르는 모습엔 경건이라고 부를 수 있는 세계가 넘치도록 차 있다.

생각에 잠기다가 창밖을 보니 가로등에 불이 들어와 있었다. 나의 아둔함을 또다시 느끼는 순간이었다. 벽면에 그림자를 드리운 원인이 저 밖에 켜져 있는 가로등인 것은 당연하기에.

동네 전체의 정전은 아닌 모양이었다. 건물의 정전이거나, 형광등 스위치가 고장 났거나, 형광등이 나갔을 터이다. 하지만 그 어떤 것이든 고마울 뿐이다. 단순한 나의 방이 경건이 배인 성스런 공간으로 바뀌었으니.

그 주황빛 창 앞에 나는 카톡 따윈 신경을 끄고 앉았다. 면벽 수행하듯 오래도록.

저 벽면 그림은 물론 환상이다. 불이 들어오거나 촛불을 켜면 돌연 사라질 것이다. 시멘트가 발라진 벽돌 위에 벽지가 붙은, 벽일 뿐이다.

그곳에 현묘한 심연이 생기고 그 너머로도 끝없는 깊이의 세계가 열려 있는 듯했다. 저 세계가 무한히 깊어지면 적멸에 이를 것 같았다.

잠을 푹 자고는 다음 날 아침에 밖으로 나갔다. 비는 그쳐 있었다. 가로등 앞에 섰다. 내 방을 경건한 성당으로 만들어주고 내 가슴을 성스러움으로 채워주던 것이

이처럼 허접한 물건이라는 사실에 도리어 마음에 뜨듯
함이 일었다. 일상의 민낯. 그 자체 또한 새로움이다.

　정전이란 말은 전기가 발명된 이후에나 만들어진 말
일 것이다. 정전은 전기가 있던 시대 이전, 그 시대, 그
속의 고유성, 시간의 절대성과 만나는 시간이다.

　그 절대성이 성스러움마저 자아내 나를 감싸고 적멸
또한 생각게 하다가 일상으로 되돌려놓았다. 지금은 분
명히 일상이지만 그것만은 아니다. 그 이상이다.

3

·

골목

담을 넘어 집 밖으로

에티오피아의 어느 집 울타리이다.

원시 부락인 그 마을을 방문한 적이 있었는데 어릴 적 시골의 탱자나무나 싸리나무 울타리 보듯 정겨웠다. 밖에선 안이 보이고 안에서도 밖이 보인다. 꼬맹이들이나 닭, 염소, 뱀 등등이 굳이 대문을 사용하지 않고도 저 허술한 울타리를 통해 출입할 것이다. 담의 원시적 형태 같았다.

더 원시적인 형태를 본 것은 인도 북부에서였다.

히말라야 산지에 집시의 집이 드문드문 있었다. 한 가족이 사는 경우도 있었고 몇 가족이 모여 사는 경우도 있었다. 두 가족이 이웃해 사는 집에 들어가보았는데 마땅히 있어야 할 담이 없었다. 대신에 폭 이십에 높이 오 센티미터 정도의 낮은 둔덕이 바닥을 가르고 있었다. 담인지 벽인지 애매했다. 그 양쪽에서 서로가 환히 보일뿐더러 맘만 먹으면 넘나들 수 있었다.

그런 것이 담의 원형인지 아니면 그 산지 마을에만 있는 특수한 형태인지는 모르겠다. 아무튼 에티오피아의 성긴 울타리든 낮은 둔덕이든 땅바닥에 죽 그어놓은 선이든 그 본질은 단순하다. 안과 밖을 나누는 것이다.

지켜야 할 것들은 담의 안쪽에 두어 바깥의 무엇으로

부터 보호한다. 그러는 동시에 담의 일부를 내어 대문을
달아 바깥으로 통하게 한다. 방비와 소통의 절묘한 경계
이다.

어릴 때 살던 집이다.

그리 넓지도 않고 오래되어 볼품없는 한옥. 빈 집이
된 지 오래라 폐가가 되어 있지만 지구에 있어온 집 중
에 내게 가장 의미 있고 아름다운 집이다.

신식으로 바뀌기 전의 재래식 부엌엔 아궁이가 있었다. 그 부엌엔 연탄이 담긴 통을 운반하기 위한 구닥다리 레일이 깔려 있었다. 아궁이 위의 솥에선 어머니의 애환과 소망도 함께 버무려졌다.

부뚜막에 놓인 솥단지엔 검댕이 붙어 있었다. 그것이 검은 보석인 줄을, 흑연, 다이아몬드, 그래핀과 같은 로열패밀리라는 사실을 어릴 땐 알지 못했다.

마당의 장독대엔 항아리가 있었다. 된장과 간장이 익어갔을 것이다. 냄새가 고약했는데 내가 장성해서는 발효의 내음으로 그보다 좋은 것이 없어 보였다.

부엌의 벽에 걸린 소쿠리를 형이 걷어 와 마당에 내놓은 날도 있었다. 창고에서 나무토막을 꺼내 오고 안방에서 긴 끈을 구해 왔다. 올가미를 만들어 설치하고는 줄을 쥐고 마루 깊숙이 몸을 숨겼다. 밥을 안치고 청소를 하던 식구들은 그 풍경을 보면서 웃음을 참고 있었다. 딱지치기, 구슬 놀이 등 노는 일이 직업인 나 역시 색다른 호기심이 일어 멀뚱히 지켜보고 있었다.

참새는 물론 형보다 영리했다.

자연 상태의 공간은 언제 달려들지 모르는 포식자들

로 가득하다. 사방이 위험에 노출된 것이다. 동물들도 나름의 집을 짓기도 하지만 담을 세우는 것은 인간밖에 없을 것이다. 동물계에선 존립 이유가 없는 것이 담이다.

이 이율배반이 흥미롭다. 인간과 인간 사이에만 놓여 있는 담.

앞서 2부에서는 주로 담 안에 있는 것들에 대한 단상을 펼쳐보았다. '의식주'라는 범주에 담기에는 너무도 풍성한 세계에 자리를 채 주지 못해 아쉽고 미안하다.

이제는 이 담을 살짝 넘어보려 한다.

대문 밖으로 나간다.

골목에서 다른 집들을 둘러보면 열린 대문 틈으로 마당의 펌프가 보였다. 수도로 대체되어 어느 집에서나 수도꼭지만 돌리면 물이 펑펑 나오게 되기 전에는 펌프가 물 공급에 필수적이었다.

펌프는 사용하지 않을 때는 메말라 있기 일쑤이다. 속이 텅 빈 채 땡볕 아래에 있거나 흰 눈에 덮여 있다. 땅속에선 무궁무진해 측량할 길이 없는 지하수에 잇닿아 있을지언정.

그러한 펌프로 지하수를 길어 올리려면 최소한의 물이 있어야 한다. 그것이 마중물이다. 마중물이 펌프 안에 있어야 펌프 자루가 작동하고 지하의 광대한 자원을 끌어올 수 있다. 마중물이 없으면 지하수도 펌프도 무용지물이다.

지금 세상의 고통은, 내 생각에 따르면 마중물이 부족해서 일어나는 경우가 많다. 개인이든 집단이든 속에 어마어마한 잠재력을 품고 있는데도 마중물이 없어 빈사의 상태가 되고 만다.

따지고 보면 마중물을 가지고 장사를 하는 사람도 있다. 숨이 넘어갈 정도로 채무에 시달리는 사람은 급한 불을 끌 돈이 절실하게 필요하다. 고리대금이 일종의 마중물 비즈니스일지도 모른다.

겨울 김장을 할 때가 되면 내 유년의 골목길은 붐볐다. 친척 아줌마들과 동네 아줌마들이 집으로 몰려오는 풍경이 아름다웠다. '고무다라'며 '바께스', 양푼이 마루와 마당에 펼쳐지고 소금에 절인 배추에 무채, 생강, 고추, 대파, 마늘, 새우젓 등등으로 만든 속재료를 채웠다. 버무려진 김치는 항아리 안에 차곡차곡 쌓였다.

문에 한지를 새로 바르는 것도 월동 준비 중의 하나였다.

김장을 하느라 몰려들었던 그들이 다시 몰려와 구멍이 숭숭 뚫린 문을 떼어내고 냄비에 풀을 끓이는 등 부산했다. 그 풀 내음이 지금도 향긋하다.

문짝에 달라붙은 헌 한지는 쉽게 뜯기지 않았다. 물을 뿌려 적셔두고는 기다린다. 한참 후에 카스텔라 바닥에 붙은 종이를 모서리부터 뜯어내듯 문의 모서리 부분부터 뜯어내야 했다.

수많은 격자들로 이루어진 네모난 구멍들은 신선한 풍경이었다. 한옥의 문은 그처럼 겨울이 오기 전에 옷을 다 벗어야 한다. 모질게 춥도록 알몸이 된 상태에서 새 옷을 입는다.

어머니와 아줌마들은 네모반듯한 한지에 풀을 먹여 그 알몸의 문에 정확히 각을 맞추도록 노력한다. 조금이라도 비틀어지면 그 낭패가 일 년을 가기에 신중하다. 붙였다 떼었다 몇 번을 반복한다.

이런 일들이 지금 생각하면 이 사회를 굴러가게 하는 마중물이었다. 지금은 사라진 풍경들이다. 혼자는 하기 힘들어 가까운 사람들이 힘을 실어주는 일. 그 마중물 같은 일들은 관계된 모든 집의 김장이나 한지 바르기가 끝날 때까지 돌고 돈다. 춥고 긴 겨울에 따스한 방에서 밥에 김치를 푸짐하게 얹어 먹을 수 있을 수 있는 것도 그 덕이다.

물 부족과 가뭄, 수질 오염 등으로 특히 문제가 심각한 아프리카의 마을에 펌프를 설치하거나 우물을 파주는 일은 ODA공적개발원조의 주요 과업 중 하나이다. 우물 하나, 펌프 하나 같은 최소한의 설비가 기갈이 들어 죽어가는 그 마을 사람들에게는 희망이 된다. 절망을 딛고 뭐든 모색해볼 수 있는 마중물이 된다.

'오는 사람을 나가서 맞이한다'는 의미를 가진 우리 말 '마중'의 뜻처럼, 마중물이 필요한 사람, 마중물이 필요한 곳에 마중물 이상의 마음과 물질이 부어지면 정말 좋겠다.

골목이 들려주는 이야기

스핑크스는 질문을 던진다.

목소리는 하나인데 다리는 네 개가 되기도 하고 두 개가 되기도 하고 세 개가 되기도 하는 것은 무엇인가.

알다시피 답은 사람이다. 어린아이 때는 네발로 기어다니다가 자라서는 두 발로 걷다가 노년기엔 지팡이에 의지한다.

그런데 니체는 달리 말한다. 즉 인간의 정신을 낙타, 사자, 어린아이의 세 단계로 구분한다. 낙타는 순종과 인내, 사자는 자유정신, 어린아이는 있는 그대로의 순수라고 보통 해석된다.

둘 다 틀리다고 할 수 없다. 인간에 대해 고대 이집트에선 자연적인 숙명을 말했다면 니체는 인간을 초극하는 그 무엇으로 보아 그에 적절한 은유를 붙인 것이다. 재밌는 것은 어린아이가 나오는 순서이다. 고대 이집트에선 어린아이를 말 그대로 어린 상태로 보는 데 비해 니체는 인간 정신의 최고 상태를 어린아이에 비유하는 것이다.

이런 몽상 속으로 분 산뜻한 바람이라고나 할까. 어릴 적의 골목을 동생과 찾아갔을 때 동생이 툭 던진 말이.

골목은 많이 변했다.

집들이 모두 단층 한옥이었는데 빈 집으로 남은 나의

옛집만 그대로이고 다른 집들은 이층 이상의 현대식 주택이 되었다. 외부 인테리어도 세련되어 옛날의 정취가 상당히 사라져 있다. 골목에 살던 이웃들도 거의 다 알았었는데 이젠 다 모르는 사람들이다. 그 속을 동생과 거닐었다.

**"다 작아 보이네 이제.
옛날에는 골목도 무진장 길고
다 커 보였는데."**

그렇게 말하자 동생이 대꾸한다.

"앉아서 봐봐, 형."

그 말이 신선해 나는 그 자리에 쭈그려 앉았다.

확연히 달랐다. 어린 시절의 골목이 눈앞에 펼쳐지고 있었다. 내게 멋진 제안을 한 동생은 그냥 멀뚱히 서 있는데 혼자 쭈그려 앉아 바라보는 골목은 문득 옛 골목이 되어서 그때의 풍경, 소리들이 와락 밀려오는 듯했다.

우체부 아저씨가 가죽 가방을 매단 자전거를 타고 달려온다. 김장을 도와주러 오는 동네 아줌마들과 친척 아줌마들이 밝게 웃으며 걸어오고 있었다.

'두껍아 두껍아 헌집 줄게 새집 다오.'

노래도 들려왔다.

저만치선 여자애들이 고무줄놀이를 했다. 친구 한 명이 몰래 다가가 줄을 끊었다. 여자애의 비명에 그 아이 오빠가 대문을 열어젖히며 부리나케 달려 나왔다. 우리는 냅다 뛰었다. 신발이 벗겨진 녀석도 있었다.

'무궁화 꽃이 피었습니다.'

전봇대에 눈을 댄 술래가 속으로 열까지 세며 외치고 있었다.

흰 눈이 펑펑 날렸다. 하얀 눈뭉치가 여기저기 날아다녔고 집집마다 대문 앞에 눈사람이 세워져 있었다.

골목 끄트머리에 초등학교 여자 동창이 살고 있었다. 중학 시절에 그녀는 간간히 석유를 사러 왔다. (어린 시절 우리 집은 석유를 팔았다.) 멀리서 플라스틱 통을 들고 걸어오는 게 눈에 띄면 나는 방 안에 숨어버렸다. 어머니와 그녀가 나누는 이야기가 한지 안쪽으로 들려왔다. 그녀가 떠나는 것은 신발 소리와 삐걱 열리는 대문 소리를 통해 알았다. 나는 조용히 방문을 열고 나가 화단 위로 올라섰다. 담 밖으로 얼굴을 갸웃 내밀면 플라스틱통을 들고 저만치 사라져가는 그녀의 뒷모습을 볼 수 있었다.

담 밖으로 고개를 내민 것은 나만이 아니었다.

화단에 심겨진 포도나무도 싱싱한 나뭇잎을 내밀었다.

멀리서 보면 포도나무가 보이는 곳이 우리 집이었다. 석유 장사에서 드는 왠지 모를 주눅이 포도나무의 푸르름으로 상쇄되곤 했다.

우리 집 담 안으로 고개를 내민 것도 있었다. 담을 마주한 반장 할아버지 댁의 대추나무였다. 제법 높아서 우리 집 지붕 위로 늘어졌다.

그 파릇한 대추를 따 먹기 위해 가끔 지붕에 올랐다. 많이 따 먹진 않았다. 왠지 미안한 마음이 있었다. 담 저쪽의 대추는 손대지 않고 넘어온 것 중 몇 개만 따 먹었다. 그러곤 지붕을 성큼성큼 밟고 걸어가 한가운데쯤 가서 누웠다. 기와의 경사가 눕기에 딱 맞았다.

티브이는 동네에 한 대밖에 없었다. 그것은 골목 저쪽 집에 있었다.

아폴로 11호의 달 착륙을 나는 그 집에서 봤다. 티브이가 마루에 있었는데 아마 평소엔 안방에 놓였을 것이다. 마을 잔치 삼아 내놓은 그것을 보느라 마루, 섬돌, 뜨락, 마당에 동네 사람들이 모여 꽉 찼다. 양패로 나뉘어 눈싸움을 벌이던 친구들도 흑백 티브이 속의 달과 우주선과 암스트롱에 함께 눈을 박고 있었다.

동네 친구들이 하나둘 이사를 가기 시작했다. 경상도에서 온 친구도 떠났다. 딱지치기, 구슬 놀이, 팽이치기, 말뚝 박기, 쥐불놀이, 연날리기, 축구, 야구, 눈싸움을 할 수 있는 친구들이 다 사라졌다. 그런 놀이를 하기엔 멋쩍은 나이가 나도 되어갔다.

반장 할아버지 댁마저 이사 가고 나니 우리 집만 남았다. 우리도 집을 전세로 내주고 아파트로 옮겼다. 집은 전세의 몸으로 있다가 너무 낡아 빈 집이 되고 말았다.

동생과 나는 그 집과 골목에서의 추억을 상당히 비슷하게 공유하고 있다.

뭔가로 가슴을 채워도 허전한 성인들은 골목을 찾으면 좋을 듯하다. 살던 골목이 남아 있으면 축복일 테고, 없더라도 옛 모습을 간직한 골목들이 아직은 여기저기에 있다. 내용물은 상당히 사라진 채 대개 풍물로 남아 있지만 말이다.

골목을 찾아가면 그냥 앉아보자.

어린아이의 키만 하게 살그머니 앉아서 바라보면 골목 역시 어린시절의 풍경으로 돌아가 속에 품고 있던 아름다운 이야기들을 재잘재잘 들려줄 것이다.

우산 하나를 들고

우리 동네는 계절마다 색다른 옷을 입었다. 담마다 다른 꽃들을 더러 내놓았고 앞산은 연두에서 주황까지 바뀌어갔다. 겨울이면 앞집의 흰 강아지는 눈을 감으면 보이지 않을 정도로 흰색의 나라가 되었다.

그 사이사이 비도 뿌렸다.

초여름쯤의 어느 날인 것 같다. 그날도 비가 내리고 있었다.

국민학교에 다니던 동생과 나는 등교를 같이 했는데 가방을 메는 사이 어머니가 우산을 챙겨 건넸다.

어머니가 챙겨주는 우산은 비닐 우산이었고 그것도 하나뿐이었다.

아마 그때 천 우산은 집에 하나뿐인데 아버지가 출근 하면서 쓰고 간 모양이었다. 근데 나는 천 우산보다는 비닐 우산이 좋았다.

천 우산은 머리 위의 하늘을 가리는 반면 비닐 우산 은 하늘이 비쳐 보인다. 노란 비닐, 붉은 비닐, 파란 비 닐 그 색상에 따라 하늘이 달리 보였다. 투영이랄까 겹 침이랄까 그것이 좋았다.

하늘의 원색도 물론 좋아했다. 하지만 셀로판지를 통 해 보는 듯한 설렘이 일었다. 가령 노랑 비닐 우산 위로 하늘을 보면 야릇한 색깔을 띠게 되는데 그 혼성의 색 조가 은근히 매혹적이었다.

비닐 우산 위로 빗방울이 떨어지는 모습도 좋았다. 비 닐면에 부딪혀 잘게 깨어져 구르는 모양은 어떻게 표현 할 길이 없다. 비닐을 두드리는 빗소리도 신선했다. 우산 을 빙그르르 돌리면 빗물이 사방으로 나선형을 그리며 퍼져나갔다.

또 하나 좋은 것은 우산대의 촉감이었다. 플라스틱으 로 바꾸기 이전엔 대나무로 우산대가 만들어졌다. 빗물이 쪼르르 흐를 때도 있는데 비에 젖은 대나무를 손에 쥐고 있으면 약간의 한기 속에 상큼한 질감이 손바닥에 아련히 전해왔다.

그런 비닐 우산 하나로 둘이……. 물자가 그렇게 귀할 때였다.

하긴 옷도 형에게 물려 입고 또 동생에게 물려주던 시절이었다. 어머니는 헝겊 누더기들을 버리지 않았다. 그 것들을 따로 모아두는 통이 있었다. 그것들이 어머니의 재봉질 솜씨나 바느질 솜씨에 의해 옷으로 거듭나곤 했다.

색상들이 다른 채 알록달록 조합된 그 누더기 옷이 나는 마음에 들었다. 고교 시절의 미술 시간에 몬드리안을 좋아했는데 그 원형이 그것일지도 모르겠다.

기와 한옥은 비가 내릴 때면 다양한 소리를 낸다.

지붕에 떨어지는 소리, 기와를 타고 내려와 처마 끝에서 떨어지는 소리. 흙마당을 폭폭 파는 소리. 마당에 잔수채를 만들어 졸졸 흐르는 소리. 화단에 심긴 포도나무의 크고 넓적한 잎, 장미의 자그마한 잎, 연한 무궁화 꽃잎을 두드리는 다채로운 소리들……. 비가 오면 한옥은 악기가 된다. 흰 눈에 덮이면 동양화가 되듯이.

그 빗소리의 향연 속에 어머니는 마루에서 섬돌까지 내려와 비닐 우산 하나를 동생과 나 둘에게 챙겨준 것이다. '우산이 하나밖에 없으니 둘이 싸우지 말고 사이좋게 쓰고 갔다 와.' 그 말과 함께.

대문을 열고 골목으로 나섰다.

광장에 내리는 빗소리와 골목에 내리는 빗소리는 다르다. 광장의 그것이 고독을 짙게 해준다면 골목의 그것은 차라리 풍요를 안겨준다.

비 오는 날엔 동네 사람들이 가급적 나오지 않아 골목이 문득 넓어 보이고 휑해 보이기도 한다. 늘 뭔가로 채워지던 골목이 느닷없이 한적해지는 가운데 하늘에서 내리는 비만이 담장을 적시고 친구들 집의 창문을 매만지고 바닥을 두드린다. 운무도 살짝 깔려 담장의 시멘트 빛과 어울린다. 공허한 듯하면서도 아늑하다.

이따금 나오는 아주머니들은 머리에 수건을 감고 있다. 맞아도 좋고 먹어도 괜찮았기에 그 시절의 비엔 청량감이 있었다. 앞집의 흰 강아지도 모처럼 샤워를 하는 기분인지 어슬렁거렸다.

골목을 빠져나오면 학교까지 긴 신작로가 이어졌다.

비는 계속 내렸고, 우산 하나는 우리 둘의 작은 몸을 충분히 가려주지 못했다.

내 왼쪽 어깨가 축축이 젖어갔다. 동생의 오른쪽 어깨도 축축이 젖어갔다.

반면에 내 오른쪽 복부는 따스했다. 동생의 왼쪽 복부에서 전해지는 온기 때문이었다. 녀석도 그 부분이 학교에서 우유와 함께 내주는 옥수수 빵처럼 따스했을 것이다.

나는 파란 비닐 우산을 통해 하늘을 올려다보기도 하고 지나가는 사람이 없을 때를 기다려 한 바퀴 빙 돌리기도 했다. 빗물이 나선형으로 퍼지는 모양이 예뻤다. 아버지의 친구분이 경영하는 서점도 지나갔고 어머니와 계를 같이 하는 친구분의 집도 지나갔다. 단골 가게도, 만화방도 지나갔다. 등에 멘 가방이 조금씩 무거워졌다.

동생과 나는 둘 다 자신의 어깨에 비를 더 맞추고 있었다. 가끔 서로의 어깨를 바라보았다. 동생의 저쪽 어깨를 바라보면 흥건히 젖어 있었다. 나는 그쪽으로 우산을 더 밀었다. 그러면 동생은 내 이쪽 어깨를 올려보며 내 쪽으로 우산을 더 밀었다.

내나무 우산대를 함께 쥐고 우산을 서로에게 밀어가면서 형제는 긴 신작로를 걸어나갔다.

나'아'가며

이 책은 온라인 매체인 〈뉴스핌〉에 연재된 글 중에서 일부를 골라 정리하고 새로운 글을 추가해 엮은 것입니다. 지속적으로 사회와 문명을 새로운 스타일의 글로 다루어보려는 모색을 하고 있습니다. 놀라운 잠재력에도 불구하고 담론 문화가 빈곤해 그 긍정성이 제대로 담보되지 못하는 우리 사회에 작은 메아리가 되었으면 합니다. 부족한 저의 든든한 버팀목이 되어주는 부모형제와 친우들, 사랑하는 두 딸, 그리고 들녘 출판사의 여러분께도 감사를 전합니다.

이명훈